Tucholsky Wagner Zola Scott Sydow Freud Schlegel
Turgenev Wallace Fonatne

Twain Walther von der Vogelweide Fouqué Friedrich II. von Preußen
Weber Freiligrath Frey

Fechner Fichte Weiße Rose von Fallersleben Kant Ernst Frommel
Richthofen

Fehrs Engels Fielding Eichendorff Hölderlin Tacitus Dumas
Faber Flaubert

Feuerbach Maximilian I. von Habsburg Fock Eliasberg Zweig Ebner Eschenbach
Ewald Eliot Vergil

Goethe Elisabeth von Österreich London

Mendelssohn Balzac Shakespeare Dostojewski Ganghofer
Trackl Lichtenberg Rathenau Doyle Gjellerup
Mommsen Stevenson Tolstoi Hambruch
Thoma Lenz Hanrieder Droste-Hülshoff

Dach Verne von Arnim Hägele Hauff Humboldt
Reuter Rousseau Hagen Hauptmann Gautier
Karrillon Garschin Defoe

Damaschke Descartes Hebbel Baudelaire

Wolfram von Eschenbach Schopenhauer Hegel Kussmaul Herder
Darwin Dickens Rilke George
Bronner Melville Grimm Jerome Bebel
Campe Horváth Aristoteles Proust

Bismarck Vigny Barlach Voltaire Federer Herodot
Gengenbach Heine

Storm Casanova Tersteegen Grillparzer Georgy
Chamberlain Lessing Langbein Gilm Gryphius
Brentano Lafontaine
Strachwitz Claudius Schiller Kralik Iffland Sokrates
Katharina II. von Rußland Bellamy Schilling
Gerstäcker Raabe Gibbon Tschechow

Löns Hesse Hoffmann Gogol Wilde Gleim Vulpius
Luther Heym Hofmannsthal Klee Hölty Morgenstern
Roth Heyse Klopstock Puschkin Homer Kleist Goedicke
Luxemburg La Roche Horaz Mörike Musil
Machiavelli Kierkegaard Kraft Kraus
Navarra Aurel Musset Hugo Moltke
Nestroy Marie de France Lamprecht Kind Kirchhoff

Nietzsche Nansen Laotse Ipsen Liebknecht
Marx Ringelnatz
von Ossietzky Lassalle Gorki Klett Leibniz
May Irving
vom Stein Lawrence
Petalozzi Knigge
Platon Kafka
Sachs Pückler Michelangelo Kock
Poe Liebermann
de Sade Praetorius Mistral Zetkin Korolenko

Der Verlag tredition aus Hamburg veröffentlicht in der Reihe **TREDITION CLASSICS** Werke aus mehr als zwei Jahrtausenden. Diese waren zu einem Großteil vergriffen oder nur noch antiquarisch erhältlich.

Symbolfigur für **TREDITION CLASSICS** ist Johannes Gutenberg (1400 — 1468), der Erfinder des Buchdrucks mit Metalllettern und der Druckerpresse.

Mit der Buchreihe **TREDITION CLASSICS** verfolgt tredition das Ziel, tausende Klassiker der Weltliteratur verschiedener Sprachen wieder als gedruckte Bücher aufzulegen – und das weltweit!

Die Buchreihe dient zur Bewahrung der Literatur und Förderung der Kultur. Sie trägt so dazu bei, dass viele tausend Werke nicht in Vergessenheit geraten.

Der Mondsüchtige

Ludwig Tieck

Impressum

Autor: Ludwig Tieck
Umschlagkonzept: toepferschumann, Berlin

Verlag: tradition GmbH, Hamburg
ISBN: 978-3-8424-1251-4
Printed in Germany

Text der Originalausgabe

Ludwig Tieck

Der Mondsüchtige

1832

Ludwig Licht an seinen Oheim.

Erster Brief.

Es ist nicht anders, geliebter Oheim, ich bin wieder auf der Reise, und kann gar nicht einmal sagen, wann oder wo sie endigen wird. Mein Leben kann immer noch keine Gestalt gewinnen, und auf die Art, wie es geschehen könnte, wie alle meine Wünsche es einzig fordern und erstreben, will es sich nicht fügen.

Ich kenne Ihren Widerwillen gegen alle Übertreibung, gegen Das, was Sie das Excentrische und Unnatürliche nennen. Aber erforschen Sie einmal das Leben und seine Triebfedern – was ist denn wohl das Wahre und Alltägliche? Lohnt es sich der Mühe, deshalb Athem zu holen?

Auch das Beste und Edelste, ja Dasjenige, was wir, weil es hergebracht ist und heut wie morgen in gleicher Gestalt wiederkehrt, nicht weiter beachten, ist durch einen leidenschaftlichen Trieb, durch ein Ewiges, Unsichtbares, veranlaßt. Derjenige, der den Webstuhl erfand, mußte lange vorher gewiß für einen Thoren und Schwärmer gelten. Und diese künstlichen, complizirten Spinnmaschinen! Wie viele begeisterte Nachtwachen, wie viel Aufopferung, Enthusiasmus, Forschen und Grübeln sind ihnen vorangegangen!

Ich meine nur, nicht Essen, Trinken und Schlaf sei die Basis unseres Lebens, sondern eine unsichtbare Kraft, ein geheimnißvolles Streben, das immer, wenn ich es in Worten aussprechen wollte, als Thorheit erscheinen müßte.

Ja wohl, mein bester, zärtlichster Freund, habe ich meine Familie wieder verlassen, um mich ohne Zweck und Absicht in der Welt umzutreiben.

Ohne Absicht? O nein! Die vernünftigste, zweckmäßigste Absicht, nur daß sie leider etwas kindisch und verrückt ist; sonst löblich und gesetzt genug.

Sie wissen, ich soll heirathen, weil ich mit Glücksgütern gesegnet bin. Nun gut, ich gebe meine Einwilligung, nur muß es das Mädchen seyn, das ich meine und kenne, die meine ganze Seele liebt, und die ist nun eben nirgend zu finden.

Es sind jetzt drei Monate, daß ich mit meinem Freunde Friedrich Sebald einen sehr lebhaften Streit hatte, einen Streit, der uns beinah entzweit hätte, denn er verhöhnte eine ganze Welt, die mir so unendlich theuer ist. Mit einem Worte, er schalt auf den Mond und wollte seine magischen Lichterscheinungen durchaus nicht als etwas Schönes, Erhebendes gelten lassen; vom Ossian bis Siegwart lästerte er die Mondempfindungen, wenn sie Dichter schildern, und es fehlte wenig, so hätte er mit dürren Worten behauptet, wenn es eine Hölle gäbe, so sei sie gewiß im Monde gelegen. Wenigstens meinte er, der ganze Mondkörper bestehe aus ausgebrannten Kratern, Wasser sei auf ihm nicht anzutreffen, schwerlich also irgend eine Pflanze, und der blasse, widerliche Abglanz eines geborgten Lichtes bringe uns Krankheit, Aberwitz, verderbe Obst und Frucht, und wer einmal thöricht sei, werde sich ohne Zweifel beim Vollmond am schlimmsten geberden.

Nun leben wir zwar nicht mehr um 1780 oder 1775, in welchen Jahren zu viel bei uns von Mondschein die Rede war; aber auch 1827 kann ich nicht dulden, daß man gegen meine Geliebte, Cynthia oder Luna, solche Lästerungen und Verleumdungen ausstoße. Was geht es mich an, was die Astronomen im Mond entdeckt haben oder noch entdecken werden? Haben doch selbst die kalten, gewiß nicht empfindelnden Holländer die Wirkungen des Mondlichtes so himmlisch in ihren Landschaftsgemälden wiedergegeben; diese süße, sonderbare Erleuchtung, wie wechselt sie nach Jahreszeit und Wetter, wie verschieden wird sie durch Wolken und Gegend, in der Ebene und dem Gebirge, auf dem Strom oder dem Meere, im feuchten, kalten Herbst, oder der weichen Sommernacht!

˙Sich ausschließend dem und jenem, einer Beobachtung, einem Lieblingsgegenstande unbedingt zu widmen, kann komisch und widerwärtig seyn. Auf meinen früheren Wanderungen traf ich einen reichen Engländer, der nur auf Wasserfälle und Schlachtfelder reisete. Lächerlich genug, und wenn ich auch nicht ganz auf Mondschein gereiset bin, so habe ich doch von frühester Jugend an die Wirkungen seines Lichtes immerdar beobachtet, habe keinen Vollmondschein in keiner Gegend versäumt, und träume, wenn nicht ganz ein Endymion, doch ein Liebling des Mondes zu seyn. Wenn er wiederkehrt, die Scheibe sich nach und nach füllt, kann ich ein sehnsüchtiges Gefühl, indem ich nach ihm schaue, auf der Wiese und im Walde, auf den Bergen oder selbst in der Stadt und auf meinem Zimmer nicht unterdrücken.

Und so in diesem Frühling. Es war der erste warme schöne Tag. Ein bitterer Wohlgeruch drang aus den Knospen und den jungen saftigen Blättern der Bäume. Die Kastanien hatten ihre fetten Kapseln aufgethan, und wie matte grüne Hände hingen die grünen Blätter in der säuselnden Luft. Die Buchen waren noch nicht ergrünt. An dem Bach, meinem Lieblingsspaziergang, ging ich hinauf, als der Vollmond über die Berge trat. Mit sehnsüchtigem Herzen sah ich ihm entgegen.

> Füllest wieder Busch und Thal
> Still mit Nebelglanz.

Dieses wahrhaft himmlische Lied sang ich im stillen Innern, wo ich es mir so oft, wenn mir wohl ist, wiederhole. Gewiß, wenn Göthe nichts als diese Jugendgedichte jener seiner seligen und schmerzlichen Stimmung geschrieben hätte, er müßte unsterblich seyn. Hat irgend ein Volk, irgend eine Zeit etwas dem Aehnliches? Wie betrübt es mich, wenn die jetzige Welt, wie es mir scheint, sie nicht mehr so voll und innig zu genießen versteht. Schmerzlicher noch, wenn viele Verständige die neuen und neuesten Verse, die verständig, lieb und herzlich sind, jenen Ergüssen des berauschten jugendlichen Herzens gleich, andere noch Klügerseinwollende sie noch höher stellen wollen. Uebersättigt sind wir.

Doch still! mit bewegter Seele ging ich zurück. Die Ruine lag oben im klaren Licht. Ich hörte feine weibliche Stimmen vor mir. Es waren zwei hohe Gestalten. Sie waren fremd und des Weges unkundig. Ich führte sie am glänzenden Teich vorüber nach dem großen Gasthofe, wo ein Oheim ihrer wartete.

Vieles hatten wir auf der kurzen Wanderschaft mit einander gesprochen. Sie schien, die schlankste der Beiden, jedem meiner Gedanken entgegenzukommen. Als wir in den Saal traten, war ich über die Schönheit dieser Emilie, denn so nannte sie die Schwester, möchte ich doch sagen, erschrocken. Man kann vor dem Großen der Schönheit, dem Aechten, Vollendeten erschrecken; man soll es vielleicht sogar, es ist wohl die geziemendste Huldigung.

Man freute sich, mich kennen gelernt zu haben. Wir blieben zum Abendessen beisammen, und machten dann tief in der Nacht noch einen kleinen Spaziergang. Ich führte sie, im seligen Gefühl. Sie schien in einer ähnlichen Stimmung. Sie erwiederte den Druck meiner Hand. O, wie glänzte im Mondlicht, am Bach, das schöne blasse Angesicht! Wie glühte die schön gewölbte Lippe!

Ich erfuhr, daß sie von Hamburg, wohin sie wegen einer Erbschaft gereiset waren, nach ihrer Heimath am Bodensee zurückgingen. Sie wollten aber Deutschland, den Rhein, Straßburg und die Schweiz besuchen. Der folgende Tag war wieder zu Promenaden, zu Gesprächen bestimmt; ich hatte auch von meinem Schicksal, von meiner Lage und Unabhängigkeit gesprochen, so viel es sich ziemte, und die ältere kleinere Schwester fing schon an, meine Emilie zu necken. – *Meine!* – Seltsam.

Sie liebte Göthe ebenfalls so ausschließend, wie ich. Ausschließend! Wie kann es anders seyn, wenn man ihn versteht? Was sind die Andern neben ihm?

Ich begreife jetzt nicht, wie Vieles, wie umständlich wir in der kurzen Zeit miteinander haben sprechen können. Meist von Poesie. Das himmlische Wesen spricht selbst nur Poesie. Sie ist ganz von Poesie durchdrungen, weil sie ganz Natur ist.

Kurz, wir verstanden uns. Das fühlte ich innigst. Sie sind wohlhabend, aber nicht reich; das erfuhr ich auch so nebenher. Der Oheim macht ihnen mit dieser Reise eine Freude; sie wollen nicht nach Hause eilen, sondern noch viele Umwege machen. – Halb und halb bot ich mich zum Begleiter; man lachte; man schlug es nicht ab, man nahm es nicht an. Morgen wollten wir darüber, so wie über Vieles sprechen.

Sie nahm die Gedichte von Göthe von mir noch mit sich in ihr Zimmer. Das schöne Exemplar, in welchem mein Name, Onkel, von Ihrer Hand geschrieben steht. Sie schenkten mir die ganze Ausgabe zum Geburtstage. Nun, das wissen Sie ja wohl noch.

Ich konnte nur wenig schlafen. Immer stand Emilie vor mir, entzückend klang ihre reine, volle Stimme in meinem Ohr.

In süßer Ermattung träumte ich endlich ein und erschrak, als ich erwachte und schon Sonnenlicht sah. – Alles war still, noch war im Hause nichts in Bewegung.

Ich warte, hoffe immer, die Thür soll aufgehn. – Endlich bringt mir der schläfrige Kellner ein Blatt, – von ihrer Hand –; sie sind schon ganz früh abgereist. Der Mensch weiß nicht, wohin, ob nach Dresden, ob nach Freiberg, oder Berlin.

»Leider zwingt uns eine plötzliche Nachricht, unser Versprechen zu vernichten. Wir reisen vor Sonnenaufgang. Wenn Sie noch Ihren Plan ausführen, so vergessen Sie Ihre Freundinnen am Bodensee nicht. Im Herbst sind wir dort.«

Ich küßte das Blatt und hätte weinen mögen. Sie hatten mir ihren Namen, den Namen ihres Gutes in der Schweiz genannt: aber ich hatte Beides vergessen, auf diese leeren Worte nicht so genau hingehört, weil ich fest glaubte, sie noch heut den ganzen Tag, sie noch länger zu sehen und zu sprechen. –

So habe ich denn das Glück verloren, die größte Wonne, die ich bis dahin noch je erlebt hatte. Der Vollmond war Schuld, ich hätte vernünftiger, prosaischer seyn sollen. War ich aber das, so war Emilie mir nicht, mir dieser Moment meines Lebens nicht so wichtig.

Die Scene, wo alles dies vorfiel, war in Tharand bei Dresden.

Ich blieb noch, ich wandelte noch auf ihren Spuren. Ich sah ihr Zimmer. Den Band von Göthe hat sie mitgenommen. Ist es Vorsatz, ist es Zerstreuung?

Ach! ich hatt' es doch einmal,
Was so köstlich ist;
Daß man doch zu seiner Qual
Nimmer es vergißt!

Ich habe Dresden, da ich doch abreisen wollte, sogleich verlassen, ohne meinen zanksüchtigen Mondlästerer nur wiederzusehn.

Bringt mir der Mond doch noch die Liebste, die Braut einmal wieder, sei es am Vierwaldstätter-, sei es am Constanzer-See, so will ich ihn noch inniger, als bisher, verehren.

Mein guter Oheim, ich bin schon das Erzgebirge durchreiset, ich schreibe Ihnen von der fränkischen Grenze. – Senden Sie mir Ihre Antwort nach –, wo ich mich etwas aufhalten werde.

Allenthalben seh' ich nach ihr aus; allenthalben frage ich nach ihr, beschreibe sie, und muß mich hüten, daß man mich nicht auslacht, oder daß ich mich nicht, oder gar jene Reisenden verdächtig mache, wenn sie in der Nähe seyn sollten.

Wo wandelt jetzt ihr Fuß?
Auf welchen grünen Matten,
Durch welchen Waldesschatten?
Die Erde fühlt den Kuß,
Und aus dem Boden sprießen
Violen auf, die süßen, Und ihrem Drucke lind
Erwacht manch Frühlingskind,
Geht sie vorbei, im Neste
Singt froh das Vögelein,
Muthwillig flattern Weste,
Holen sie kosend ein.
Der Athem meiner Holden
Durchwürzt die Frühlingsluft,
Es knospet roth und golden
Der Blumen Pracht, und Duft
Entnehmen sie der Zarten,
So wächst ein bunter Garten
Um sie, wohin sie blickt.

Flüstert in Morgenfrische
Ihr meinen Namen, Büsche,
Und nennt ihr jenes Thal,
Wo ich in Waldes Düster,
Wo ach! am Bachgeflüster,
Ich fand die Wonn' und Qual:
Wo wir im Mondenschimmer
Uns in das Herz geschaut –
Seitdem nenn' ich sie immer
Die holde, süße Braut.

Zweiter Brief.

Ich bin noch hier in Franken festgehalten, bester Oheim, – und warum soll ich es nicht gern geschehen lassen, da ich nicht weiß, wann, wie oder wo ich sie wiedersehen werde?

In so vielen Gegenden, durch die ich gewandert bin, hat mich die Stimmung der Menschen, der Ton der Gesellschaft, die Art sich mitzutheilen, und die Formen, durch welche der gesellige Umgang veredelt werden muß, – alles das hat mich betrübt und geängstet. Ich will nicht von Politik sprechen und allen jenen Befürchtungen oder Hoffnungen, denn es wird schon zu viel darüber geredet. Aber jenes edle Vertrauen, die freundliche Mittheilung, eine herzliche Heiterkeit alles dies scheint mir immer mehr zu verschwinden. Die Jugend ist altklug geworden und steif, die frische Heiterkeit ist fast nur noch bei den Alten zu finden. Eine Allwissenheit hat sich aller Menschen bemächtigt, und eben so ein Ueberdruß, eine Übersättigung, die alles Lernen und Erfahren von sich wirft. Enthusiasmus für Wissenschaft oder Kunst zeigt sich nirgend, und dennoch spricht Jeder von Kunst und Poesie und bildet sich ein, sie zu verstehen. Die Freude am Lernen scheint verschwunden, und doch will Jeder lehren, obgleich er weiß, daß er keine Schüler finden kann.

Die Sekten, die sich in der Religion gebildet haben, erstrecken ihren Einfluß auch auf Kunst und Wissenschaft. Die Meinungen sind schroff abgesondert und einander entgegengestellt. Der sonderbare Patriotismus, welcher sich so auffallend kleidete, oder vielmehr fast entkleidete, um sich kundzuthun, hat ebenso Kenntnisse, Studien und Bücher weggeworfen, und sich wunderliche, unannehmliche Gesinnungen über Staat, Philosophie und Poesie wachsen lassen. Diese neuere Schule der frömmeren, strengeren Christen fällt oft mit jenen Malcontenten, Altdeutschen, Moralisten und Republikanern zusammen. Ohne daß sie es Wort haben wollen, erklären sie der Bildung und Wissenschaft den Krieg und eifern für ein nichtiges Idol, das sie wohl selbst nicht genau kennen.

Wodurch mir diese Kreise so merkwürdig geworden sind? – Daß alle, mögen sie nun sich mehr der Politik, oder der Frömmigkeit, mehr der Republik, oder dem Absolutismus ergeben, mögen sie aristokratischer oder demokratischer Gesinnung im Uebermaß seyn, doch alle in Einem Punkte zusammenkommen und sich an diesem Einen Worte erkennen – in ihrem ausgesprochenen Haß gegen unsern Göthe. –

Dies hat mir viel zu denken gegeben. Zu derselben Zeit, da nun endlich unser großer Dichter durchgedrungen und der Mann der Nation geworden ist, da alle jene Vorurtheile und schwache Meinungen, die ihm entgegenkämpften, untergesunken und vergessen sind – bildet sich eine große Partei ihm gegenüber, die ihn nicht als den Ersten und Größten, als den Vollendeten anerkennen will, sondern ihm etwa nur Talent zugesteht, das aber, wenn es auch groß sei, nur Schaden stiften könne, weshalb er der Jugend, der Unschuld, dem frommen Sinn, der schlichten Tugend und edlen Einfalt müsse verborgen gehalten werden. Ich weiß, daß diese Kinderkrankheit vorübergehen wird, indessen zehrt sie jetzt viele gute Kräfte hinweg.

Ich war in einer Damengesellschaft letzt. Man ersuchte einen jungen Mann, etwas Poetisches vorzulesen. Dieser wählte die Iphigenia. Sogleich wurden einige Frauen blaß, sie nahmen den Vorleser beiseit und beschworen ihn, Alles, was ihm gefiele, nur nicht dies Gedicht vorzutragen; es wären junge Mädchen von siebzehn Jahren zugegen, die jenes Schauspiel auf keine Weise begreifen würden. So wollte man den Widerwillen gegen Göthe beschönigen. Aus Bosheit vereinigte ich mich mit dem jungen Poeten und suchte zu beweisen, daß dieses klare Gedicht gerade deshalb musterhaft zu nennen, weil es jeder Gesinnung und jedem Alter verständlich sei. Aber wir wurden aus dem Felde geschlagen, und die Frömmste entfernte sich mit ihrer Tochter lieber aus der Gesellschaft. – Ich ging auch nach Hause, und weiß nicht, ob man gelesen, oder Karten gespielt, oder fromme Gespräche geführt hat.

Fast alle diese sonderbaren Separatisten führen Schillers Namen zum Feldgeschrei und in ihren Fahnen. Alles, was sie wollen und erstreben, finden sie, sonderbar genug, in seinen Werken, und deuten oder deuteln Alles in ihm nach ihrem Sinne. Sie bilden sich ein, daß, wenn er noch lebte, er allen ihren kreuz- und querigen Bestrebungen Zunge und begeistertes Wort leihen würde.

Es scheint mir, als wenn so verstimmte Menschen, die sich selbst willkührlich einen so engen Kreis des Fühlens und Denkens ziehen, die Schönheiten eines so großen Dichters, wie Schiller, nicht verstehen und genießen könnten. Aber so viel ist gewiß, tritt mir einer so bestimmt und begeistert mit dem Namen des großen Mannes entgegen, so irre ich nicht leicht, daß er, sowie ich das Gespräch nur dahin wende, über Göthe lau und einsylbig seyn, wenn er ihn nicht dreist und fest ganz verwerfen wird. Dagegen scheint es, erkennen sich in der Bewunderung für diesen einzigen Genius die Gemüther, wie in einer weit verbreiteten Brüderschaft, die ich die höhere nennen möchte, wenn ich mich nicht selbst zu dieser Loge bekennte.

Aber freilich giebt es feurige und gute Köpfe unter Jenen, die gegen Göthe kämpfen, in der Menge der hochgestimmten Frommen sind auch wahre Talente, auch wohl wahrhaft religiöse Gemüther; unter den Malcontenten giebt es auch edle, scharfe Charaktere und Männer von vielen Kenntnissen. Aber Alle ziehn es vor, in dieser Anarchie zu leben, statt daß sie ihren Sinn wahrhaft frei machen sollten. –

Neulich hatte ich Veranlassung, meiner Entflohenen recht lebhaft zu gedenken. Doch wann vergäße ich sie denn? In der Nähe des Fichtelgebirges, als ich im trüben Morgennebel auf einem einsamen, grünbewachsenen Pfade ritt, entdeckte ich in der Ferne eine Kutsche, die mir von den Gebüschen zuweilen wieder verdeckt wurde. Es war schwer, dorthin, nach der großen Straße zu gelangen, weil Gräben und sumpfige Stellen den kleinen Gebirgsweg von ihr trennten. Ich hatte aber weibliche Figuren mit meinen scharfen Augen entdeckt; die eine lehnte sich weit aus dem Schlage, ja es schien, als wenn sie einmal mit einem Tuche winkte oder grüßte. Ich war in der höchsten Unruhe und in Furcht, der Wagen möchte mir ganz verschwinden, bevor ich zur Landstraße gelangen könne. Ein kühner Sprung brachte mich auf den großen Weg, da ich lange weit umher hätte reiten müssen, um einen Landungsplatz zu entdecken. Felsen verdeckten mir jetzt die Aussicht, und bei den Krümmungen des Weges wußte ich selbst nicht, ob ich mich rechts oder links wenden müsse. Meine Angst wuchs unbeschreiblich, denn mir war jetzt schon ausgemacht, daß meine Unbekannte sich in jener Kutsche befinde, daß sie mich, vielleicht durch ein Glas, schon erkannt, daß sie mich gegrüßt, mir gewinkt habe: vielleicht um sie aus einer großen Noth zu erretten, vielleicht um mir aus der Kutsche heraus die Hand zu reichen, um mit ihr vor den Traualtar zu treten.

Von einer Anhöhe entdeckte ich endlich den Wagen wieder, und ich war in der That nach der entgegengesetzten Seite geritten. Wie spornte ich, um die verlorne Zeit wieder einzubringen! Der im Zickzack laufende Weg trennte mich noch lange von meiner Geliebten, doch wurde der Zwischenraum mit jeder Minute kleiner. Aus dem Verschluß des Wagens hatte man mich auch wieder bemerkt. Da man meine Hast und Eil sah, so winkte man wirklich mit Tüchern und ließ den Kutscher endlich gar halten. Wer war glücklicher, als ich!

So wie ich näher kam und Alles genauer unterschied, so wollte mir es bedenklich werden, daß meine zarte Geliebte in einer so altfränkischen Kutsche hausen könne, doch sollte meine Hoffnung erst gänzlich enttäuscht werden, als ich mich nun athemlos und erhitzt dem Schlage näherte. Zwei alte Frauen streckten mir zwei runzelvolle Gesichter entgegen; ihnen gegenüber saß ein geistlicher Herr.

Wir waren Alle verwundert, uns so gespannt und aufgeregt gegenüber zu befinden. Ich entschuldigte mein Heransprengen, indem ich geglaubt und gehofft, Freunde hier anzutreffen; die verständige Alte bat um Verzeihung, daß sie einen Fremden herbeigewinkt habe, sie sei in der Meinung gewesen, ihr Verwalter, den sie ausgeschickt, kehre schon, nachdem er glücklich und schnell seinen Auftrag ins Reine gebracht, mit dem Abschluß zurück.

Im gemäßigten Schritt setzten wir nun Alle die Reise fort, und dieselbe Gegend, die mir vor kurzem noch romantisch und wunderbar erschien, kam mir jetzt finster und monoton vor. Da ich keine eigentliche Bestimmung hatte, kehrte ich mit meiner neuen Bekanntschaft, den drei alten Leuten, auch in dem Dorfe ein, wo sie Mittagsruhe hielten, deren mehr als wir die erhitzten Pferde bedurften.

Die beiden Schwestern besaßen ein Gut und eine große Fabrik im Fichtelgebirge, in L. – Der Bruder war gestorben, der ehemals das ganze Werk geführt hatte. Nicht lange, so kam auch der sehnlich erwartete Verwalter an. Es war nicht schmeichelhaft, daß man mich mit diesem hatte verwechseln können. Ein hagerer, ältlicher Mann, der seinen häßlichen Körper auf eine widerwärtige Art mit schlechten Kleidern von grell contrastirenden Farben ausgeschmückt hatte.

Ueber den Wirthschaftsverhandlungen wurde ich auf einige Zeit vernachlässiget.

Bei Tisch verschwatzten wir angenehm genug die Zeit. Als der Verwalter durch den Wein munter wurde, zeigte er ungenirt die Fröhlichkeit eines Gebirgsbewohners, der in seiner Einsamkeit Vieles nicht lernt, aber dem menschlich Einfachen treuer bleibt. Er erzählte viele Gespenstergeschichten, dann von den Zwergen des Gebirges, von den versteckten Schätzen, den goldhaltigen Quellen, und wie in frühern Tagen oft abenteuernde Italiener den Fichtelberg sollen durchforscht und manche von ihnen große Kostbarkeiten gefunden haben. Er war einer von jenen humoristischen Menschen, die Alles dieser Art halb glauben und sich um so mehr daran erfreuen. Er lachte herzlich über Alles, wenn ich ihm ernsthaft zuhörte und nach den nähern Umständen forschte. So wie ich Einwendungen machte und spottete, wurde er plötzlich ernsthaft und machte ein langes Gesicht mit bedenklicher Miene. Dann holte er aus allen Ecken seine Philosophie zusammen, um mich zu widerlegen, berief sich auf eigne Erfahrungen und erlebte Wunderdinge, und sowie seine poetischen Darstellungen mich zu täuschen anfingen, war er wieder der lachende Zweifler, der über meine jugendliche Leichtgläubigkeit spottete.

Die Geschwister, die immer unverheiratet gewesen waren, nannten sich B.... Ich mußte ihnen meinen Namen in ein altes Stammbuch einschreiben und versprechen, sie nächstens in ihrer hochgelegenen Heimath zu besuchen.

Mit Freuden habe ich Wunsiedel gesehen und die Gegenden, wo unser Jean Paul seine Jugend verlebt, und wo sein zartes Gemüth die ersten Eindrücke empfing. Die Natur hier hat etwas mit seinen Schriften Verwandtes, sie ist seltsam bizarr, fragmentarisch und wieder plötzlich hochpoetisch.

Dürre Steppen, kleinere Wäldchen, sonderbare Steinformationen wechseln plötzlich mit großartigen Waldpartien, schönem Rasen und edlen Bergformen ab. Alles mehr anreizend, als befriedigend, fast epigrammatisch, wilder Scherz in den Granittrümmern, melancholischer Ernst in den Tannen; oft ängstigend, wie ein schlimmer Traum, dann wieder eine so unbedeutende Gegend, daß die Einsamkeit in ihr zu einem drückenden, höchst unbehaglichen Gefühle wird.

*

Lieber Onkel! Was ist das? Ich sitze hier oben bei den beiden alten Schwestern, die mich sehr freundlich aufgenommen haben, ich blättere in ihrem alten Stammbuche, nachdem ich mich eingeschrieben habe – und siehe da! Ihr Name, Ihre Hand, freilich von uralten Zeiten her: – Sie waren also auch hier? haben hier gewohnt? sind ein Gastfreund des Hauses? Es ist begreiflich und doch kommt es mir in meiner jetzigen Stimmung so unendlich wunderbar vor. –

Aber noch mehr: Auch Emilie war hier, vor achtzehn Monaten, sie ist dem Bruder, der damals noch lebte, bekannt gewesen.

Sie hat ein paar Worte, aber bloß mit dem Namen Emilie unterschrieben, zum Andenken zurückgelassen. Die Alten wissen mir nichts weiter von ihr zu erzählen, als daß sie sehr schön gewesen sei, was ich schon wußte, aber mir doch mit Freude wiederholen ließ.

So bin ich denn hier in einer recht lieben, poetischen Heimath, eingewiegt von Hoffnungen und Erinnerungen. Seit ich diese beiden Blätter gesehen habe, bin ich wieder muthig und froh. Es kann mir nicht mißlingen; ich werde sie finden.

Hier ist es ganz einsam und schauerlich, das Haus alt und weit, der nahe Bergrücken drüben dunkel. Die Axt, die den Baum fällt, erweckt ein vielfaches Echo. – O Emilie!

Der Oheim an den Neffen.

Warum, mein junger Freund, muß Dir Alles so entgegenhandeln? warum treten die Begebenheiten so gegen den Strich bei Dir ein? Weil Du Alles so phantastisch beginnst. Sieh, mein Freund, in dem Poetischen Deiner Natur, da sie doch einmal für eine solche gelten kann und soll, müßte etwas mehr Besonnenheit und in Deinem Sinnen weniger Träumerisches seyn. Doch, es ist wahr, Du bist ein Mondsüchtiger, wie wir Dich immer genannt haben, und einem solchen muß man Manches vergeben, was man einem Gesunderen höher in Rechnung stellen würde. Habe ich doch auch immer einen Ansatz zu dieser Krankheit gehabt.

Wenn Dir aber Deine halb unbekannte Geliebte verloren gehen sollte, so ist es nur Deine eigene Schuld. Doch ist es mit den Phantastischen vielleicht auf eine ähnliche Art, wie mit den Trunkenen beschaffen; diese beschädigen sich nicht leicht, auch wenn sie von ziemlichen Höhen herunterfallen; und den Hyperpoetischen arbeiten die Lenker des Zufalles, die kleinen unsichtbaren Feen, die sich der verirrten Kinder erbarmen, vielleicht auch so in die Hände, daß ihnen das Wild entgegenläuft, welches sie auf immer verscheucht zu haben wähnen.

An einem schönen Morgen also wirst Du plötzlich mit Deiner schönen Braut in meine Hütte eintreten, und ich werde von ihr einen Kuß empfangen, der mich in die schöne Zeit meiner Jugend zurückversetzt. Auf Abschlag bis dahin darfst Du mich schon einige Mal ärgern, und freilich ärgere ich mich über Deine Streiche, die ich wohl auch in Deinen Jahren nicht klüger ausgeführt hätte. Wäre meine jetzige höhere Weisheit nur nicht Unbehülflichkeit, so würde ich mit mir noch etwas mehr zufrieden seyn.

Was Du über die Stimmung der Zeit, die sich die Miene giebt, Göthe zu verkennen, sagst, ist eben eine Folge unserer Übersättigung, und daß, soviel ich habe sehen können, Enthusiasmus, Ehrfurcht und Demuth bei den jüngern Gemüthern verschwunden sind, seit sie sich einbildeten, sie dürften die Welt verbessern und regieren. Sie wollen Spartaner seyn, und die Künste verachten.

Wir haben so viel gestritten, erforscht, studirt und systematisirt, um die Poesie in die ihr gehörigen Classen zu bringen, und einen hauptsächlichen Unterschied hat man bisher immer aus der Acht gelassen. Wenn der Grieche schön »Poet« sagt, so spricht der Deutsche auch löblich, »Dichter.« Ja, dieser Begünstigte soll Alles, was den gewöhnlichen Menschen als Ahndung, Einfall, oder gehaltlose Laune vor der Seele flattert, dichten, verdichten. Jene Geburten der zartesten Geister, die das blöde Auge in der Natur, wenn diese im schaffenden Schlummer liegt und die süßen Träume geistig und durch Blumen und Blüthenbäume fliegend ausgießt, gar nicht, oder als matte und unbedeutende Gespenster sieht, soll der Poet verdichten, daß wir Alle das liebende Herz und den Phantasiereichthum unserer Mutter erkennen. Die Wolkendünste des Gemüthes, die den gewöhnlichen Menschen beängstigen und sein Leben verwirren, soll er in Lichtgestalt, in großartigen Schmerz, süße Wehmuth, sinnige Melancholie und schöpferische Laune verdichten und umwandeln. Glaubst Du, daß vielen Menschen diese wunderbare Gabe verliehen sei? denn es ist ja das Schaffen aus dem Nichts oder dem Chaos.

Diese wackern herrlichen Schöpfer werden nun immerdar mit jenen verwechselt, die ich, ohne alle Bitterkeit und Ironie, im Gegensatz die *Dünner, Verdünner* nennen möchte. Mit großer Geschicklichkeit, oft mit vielem Talent, wissen sie einen Gedanken, ein Gefühl, Bild, das ihnen beim Dichter auffällt, anmuthig zu verdünnen, und das, was sich körperlich und geistig figurirt hat, wieder allgemach in die Gegend des Dunstes und Nebels mit vielen Worten hineinzuspediren. Wenn der Dichter uns das Fernste und Unsichtbarste recht nahe vor die Augen rückt, so wissen diese Dünner das Nächste und Deutlichste so unkenntlich zu machen, daß man oft nicht ohne Erstaunen und einigen Schwindel ihren künstlichen Prozessen zusieht. Ganze Bibliotheken sind damals, den Goldschlägern mit ihrem Goldschaum nicht unähnlich, aus dem Werther herausgedünnt. Wie aber kein Mensch, selbst nicht der mächtigste Monarch, darauf verfallen wird, seine Gemälde mit Rahmen von massivem Golde zu umziehn, um seine Mundtasse einen ächt goldenen Reif zu legen, auf seinen in Marmor gebundenen Büchern, auch wenn es Prachtexemplare sind, gediegene goldene Lettern zum Titel einzuprägen, sondern wir uns alle hier der leichten Vergoldung oder selbst des Goldschaumes als des besser ziemenden Materials erfreuen: – so sind auch für tausend Gelegenheiten des Lebens und für die größere Zahl der Leser, Genießender und Gebildeter die Arbeiten dieser Dünner viel passender und bequemer, als die Werte der Dichter. Ich habe oft zu bemerken Gelegenheit gehabt, daß treffliche, zarte Menschen, die recht ein Studium des Lebens daraus gemacht hatten, sich an diesen goldschäumenden Dünnern zu entzücken und zu erbauen, ganz verdutzt und fast erstarrt dastanden, wenn sie einmal zufällig an einen Dichter geriethen.

Es giebt Provinzen, die sich in unserm Deutschland auszeichnen, daß sie recht fruchtbar in Hervorbringung dieser Dünner sind. Sie sind dem Vaterlande in vielen Rücksichten sehr nützlich.

Oft wirst Du sehn, daß das ächte Werk eines Dichters nicht viel Eingang findet und wenig beachtet wird, es ist zu gediegen und dadurch zu unbequem. Was geschieht? Eine Anzahl Dünner macht sich an das unbehülfliche Wesen, schlägt, preßt, klimpert, zieht, dehnt, faselt und prattert und schnattert so lange, bis die verständigen Fabrikanten daraus ein Dutzend begeisternder Lieblingswerke hervorgeschnitzelt haben, die in der Literatur eine neue Epoche zu begründen scheinen.

Mit diesen Dünnern hängen die Dehner zusammen, die auch ihre Verdienste haben können. Sie verhalten sich zu den Dünnern wie die Drahtzieher zu den Goldschlägern.

Freilich muß man die Verdichter nicht mit den Verdickern verwechseln, diesen Grobschmieden in der Poesie, wo der Hause oft genug das Platte, Gemeine mit dem Kräftigen, Großen verwechselt.

Ich habe Dir, mein Freund, nur eine Andeutung meiner Aesthetik geben wollen. Die Nutzanwendung überlasse ich Dir selbst. –

Neben jener Verstimmung in der Literatur, oder selbst Abspannung, bemerke ich aber auch eine Schule oder Sekte, die zusammenhängt, sich an Sprichwörtern und Handwerksgruß erkennt und absichtlich dies und jenes durchsetzen, Werke erheben und verwerfen will, wie es zu ihrem Zwecke dient. Ganz auf eine ähnliche Art, wie ehemals die Nicolaiten verfuhren, um ihrer Aufklärung Bahn zu machen. Daß es damals seine Wirkung that, und Philanthropen,

Erzieher, Aufklärer mit allen ihren Thorheiten durchdrangen, kann uns belehren, daß es auch dieser neueren Sekte in gewissem Maaße gelingen wird, bis dann ein wieder einbrechender Herbst diese verwelkten Blätter vom Baume schüttelt.

Nicht bloß in Ansehung der Dichter, Schiller und anderer, höre ich die Behauptung, daß, wenn auch vielleicht eine Bemerkung, ein Tadel gerecht seyn dürfe, man die *Gesinnung* des Mannes doch höher, als alles Uebrige, schätzen müsse. Von der *Gesinnung* spricht man bei Historikern, Philosophen und andern Autoren bei jeder Gelegenheit. Dem Forscher, dem Darsteller, dem Patrioten und Politiker spricht man Fleiß, Talent, Kenntniß, Einsicht, Vaterlandsliebe ab, wenn er diese *Gesinnung* nicht hat, und erhebt, oft gegen die eigne Einsicht, Bücher, denen es an ächtem Gehalt gebricht, weil diese *Gesinnung* Alles ersetzt.– Von Philistern und Jesuiten ist in unsern Tagen soviel die Rede. Ist es jesuitisch, einen scheinbar guten Zweck auf allen Wegen, auch den nicht erlaubten, erlangen wollen, so handeln wohl manche, die sehr gegen die Jesuiten deklamiren, selbst jesuitisch.

Wohin gerathe ich, mondsüchtiger Freund? Meine alte Krankheit, die ich doch auch schon verwunden haben sollte, auf die Zeit zu schelten! –

Also dort, mitten im Fichtelgebirge, sitzest Du jetzt? – Es waren schöne Tage meiner Jugend, als ich mich da oben phantasirend und von der Natur berauscht in jenen Bergschluchten umtrieb. In jenem alten großen Gebäude, in welchem Du warest, habe ich auch einen Tag und eine Nacht gewohnt. Der Fabrikherr war ein fleißiger, reicher und sehr verständiger Mann. Damals waren die Schwestern noch zarte, liebliche Jungfrauen, die so eben die geheimnißvolle Kindheit überschritten hatten. Ich hatte die Maschinen, die Glashütte, in einiger Entfernung von dort die Alaungrube besucht, und saß am schönen Pfingsttage mit der Familie behaglich an der gut besetzten Mittagstafel. Das Gespräch ist den einsam liegenden Bewohnern der Gebirge eine Erquickung, von der die immerdar schwatzenden Städter keine Vorstellung haben. Zur wahren Erbauung, zum Feierlichen, Lieblichen erhebt sich der Diskurs in diesen Waldgebirgen, wo man den Heher im Baum vernimmt, die Holzaxt in der Ferne, das Säuseln der Tannen nahe und das Echo eines schreienden Vogels von der düstern Felsenwand in das Tischgespräch hinein.

Nach Mittag betrachteten wir wieder die wunderbare Gegend. Die hüpfenden und singenden Mädchen hoben sich gegen den düstern Tannengrund allerliebst ab. Daß man in der Jugend so manchen Tag so ganz zwecklos hinlebt, seine Bestimmung und alle Plane vergißt, gehört eben recht zum Glück der Jugend, denn nur dadurch genießt man vollständig die Gegenwart, die späterhin von Zweck, Erinnerung, Vorsatz und vernünftiger Absicht zu sehr verschaltet wird.

So kam der Abend heran. Gespenstergeschichten, die sich in den Gebirgen besser ausnehmen, wie in der Ebene, wurden vorgetragen. Die Mädchen lachten übermäßig, um ihrem Grauen entgegenzuarbeiten. Wir trennten uns endlich, um zu schlafen.

Ich ward, abgelegen von den übrigen Zimmern, auf einen langen Saal einquartirt, den Du auch wohl gesehen haben wirst, denn ich hoffe, Alles ist in diesem Gebäude noch in demselben Zustande. An den Wänden hingen alte Familienbilder, die Tapete hatte sich an einer Stelle losgeblattet. Ich, der ich damals ein leidenschaftlicher Nachtwandler war, nahm mir vor, mich nicht niederzulegen. Mit dem Bildniß der lieblichen Mädchen verbanden sich in der stillen Nacht Erinnerungen aus früheren Jahren, Alles, was Sehnsucht und Wehmuth je in mir gewirkt hatten, ward wieder in mir lebendig, schauerlich und wollüstig, ahndungsvoll und träumend. Ich hatte das eine große Fenster geöffnet und die frische Nachtluft, die in den Raum strich, bewegte die Tapete, die Gebilde wankten in ihren Rahmen, und es war, als wenn Geister durch das Gemach zogen. Immer lauter rauschte unter mir der Bach, der vom Wald verdeckt war. Mir gegenüber ein steiler Berg, bis in den Himmel ragend und dort den Horizont eng abschneidend, dunkelschwarz mit Tannen bedeckt. Von Zeit zu Zeit der schwirrende Flug eines großen Vogels über das Gebirge hinweg. Welche zarte Fibern erregen so süße unaussprechliche Harmonie in allen Fühlungen der Jugend. Mir war so wohl, so innigst beseligt, daß ich ohne Wehmuth und Schmerz meine Thränen fühlte. Da stieg, mir gegenüber, jenseit der schroffen Bergwand erst ein rother Feuerschimmer, dann ein Streifen und allgemach die ganze glühende Scheibe des Vollmondes herüber.

Nun war die Gegend in ein Lichtmeer verwandelt, in welchem man tausend Seltsamkeiten sah und nichts unterschied. Wie Feentänze unter mir, die schwirrend in den Büschen flatterten und dem Elfenkönig grüßend entgegenhüpften. Die zartesten Liedchen summten Mücke und Grille, und wie auf den ausgespannten Saiten des Claviers liefen klingende Schauer über die räthselhafte Natur magisch verhallend hin.

> Wen nie in stiller süßer Nacht
> Die Einsamkeit geküßt,
> Wer nie am Bergeshang gewacht,
> Wenn Vollmond ihn begrüßt,
> Der kennt auch nicht die Zaubermacht,
> Die Busch und Stein entsprießt.
> O lange, dunkle, stille Nacht,
> Sei wieder mir begrüßt.

So schrieb ich einige Tage nachher, in Sehnsucht nach diesen berauschten Momenten. – Was fehlte nun noch, als daß ein Waldhorn vom andern Flügel des Gebäudes herüberklang. Ein junger Förster war es, der erst in der Nacht nach Hause gekommen war und eben so wenig als ich den Schlaf finden konnte. Er phantasirte einfache, aber liebliche Melodien, bis der Morgenstern funkelte. Mir war, als habe ich Zauberei, wundersame Begebenheit, Mährchen erlebt – und war es denn etwas Anderes, was sich in meinem Herzen abgelöset hatte? Diese Geistergeschichten waren zwar keine äußerlichen Begebenheiten, aber mein inneres Wesen war bis in seine Tiefen aufgeregt. Wie Leidenschaft, Liebe, Schmerz und Verzweiflung ebenfalls bis auf den Grund unserer Seele eindringen, ist ein ganz anderes Handthieren. Jene unsichtbaren Bergelfen und Waldfeen haben mit diesen gewaltigen Erschütterungen nichts zu thun; diese arbeiten nur in jenen Nächten in uns, wovon ich Dir eben eine habe beschreiben wollen. –

– Doch erzählen wollte ich Dir auch Etwas, und zwar etwas recht Wichtiges. Dazu findet sich vielleicht die Stunde nicht wieder. – Ich war auch damals nach der Schweiz hingerathen. In der Nähe des Genfersees begegnete mir Etwas, das man wohl wunderbar nennen darf. Ich verlange aber, daß Du Alles, was ich Dir jetzt mittheilen werde, als ein Geheimniß behandelst. Ich kenne Dich und vertraue Dir. – –

– Es war in Genf, wo ich mich schon einige Wochen aufgehalten hatte, daß ich, von einem Freunde eingeführt, eine Familie kennen lernte, in welcher ich bald eine Heimath meiner sehnlichsten Wünsche fand, wo mir bald die größten Freuden, wie die empfindlichsten Schmerzen zu Theil wurden. Eine Mutter mit drei Töchtern bewohnte eins der vielen Landhäuser, die so lieblich am See hinunterliegen und der schönsten Aussicht genießen. Der Vater war, wegen wichtiger Angelegenheit, um eine bedeutende Erbschaft zu heben, schon seit einem Jahre in Italien, und man fürchtete, weil die Sache sich immer mehr verwickelt hatte, daß seine Zurückkunft sich noch lange verzögern würde.

Die älteste der Töchter, Rosa, war schön und groß. Sie war blond, von heitrer Laune und spottete und lachte viel. Am meisten ließ sie ihren Witz über jene sich ergießen, die ihr mit Zärtlichkeit näher traten und eine wahre oder galant erheuchelte Leidenschaft für sie bekannten. Sie war viel freundlicher mit jenen Männern, die kalt und gleichgültig waren, von ihren Geschäften, der Jagd oder Politik eifrig sprachen und den Damen nur die herkömmliche Aufmerksamkeit erwiesen, oder sie selbst ganz vernachlässigten.

Die zweite Tochter, Jenny, war schlank und brünett. Sie war ernst und zurückgezogen und beschäftigte sich viel mit Büchern, von denen Rosa nur selten Notiz nahm. Sie war sehr freundlich mit mir, weil ich unermüdet ihre literarische Neugier befriedigte, ich auch angefangen hatte, Deutsch mit ihr und meine Lieblingsschriftsteller zu lesen.

Die jüngste, Lidie, war die weichste und sanfteste. Ihre blendende Schönheit erhielt dadurch etwas Zauberhaftes, daß sie nicht zu wissen schien, wie reizend sie war. Unbefangen wie ein Kind, kam sie Jedem freundlich und vertraulich entgegen, ging in alle Gespräche und Spiele ein und war bald thöricht wie ein Knabe, bald muthwillig wie ein kleines Mädchen, und dann wieder gesetzt und nachdenklich, fast melancholisch.

Man sprach abwechselnd deutsch und französisch, doch waren die Dichter, die man kannte, nur die der Franzosen.

Da ich in kurzer Zeit das Vertrauen der Familie gewonnen hatte und sie täglich sah, so empfand ich eine brüderliche Zärtlichkeit für die drei schönen Kinder, und mir schien anfangs, daß sie mir alle gleich lieb seien. Eine geistige Polygamie ist sehr gut möglich, so lange Egoismus und Leidenschaft schweigen, das junge Herz ist in solcher Lage auf das anmuthigste gerührt und in Bewegung gesetzt, denn die mannichfaltigen geliebten Wesen erwecken durch ihre verschiedene Sinnesweise zarte, bis dahin unbekannte Stimmungen des Gemüths.

So schwamm ich, beglückt, auf einem anmuthigen Strom schöner Gefühle und lebte in einem Zustande sanfter Behaglichkeit, wie ich ihn vormals noch nie gekannt hatte. Das Leben war ein süßer Traum geworden, und ich hatte keinen andern Wunsch, als nur morgen da fortzufahren, wo ich heut geendigt hatte. Mit der brünetten Jenny war ich durch Göthe's Werke unvermerkt doch am meisten in Verbindung und in die vertrauteste Nähe gerathen. Sie staunte meinen Dichter an, ohne ihm eigentlich näher zu kommen; auf meine Autorität zwang sie sich, Alles schön zu finden, und ich fühlte doch, daß so vieles, was mich in meinem Liebling mit Entzücken durchdrang, ihr Herz nicht berührte.

Sonderbar ist es, wie Gewohnheit zur Natur werden kann. Nahm sie ihren Racine in die Hand und las mir bewegt und in Thränen eine der berühmten Scenen vor, so verstand ich zwar die seine Sprache und die rhetorische Kraft des Tragikers, aber ich konnte den Dichter in ihm noch weniger finden, als Jenny die Poesie in Göthe. Wir stritten, erhitzten uns, und trotz so vieler mißlungenen Versuche gab ich es doch nicht auf, meine eigensinnige Freundin zu belehren, die, vielleicht weil sie Göthe nicht verstand, nur ein desto größeres Interesse an ihm nahm, weil sie ihn wie ein Naturwunder, wie eine unbegreifliche Seltsamkeit anstaunen konnte.

Die junge Lidie sah unsere Bemühungen mit Verwunderung an. Sie schüttelte lächelnd ihr Lockenköpfchen, daß man ein Spiel so ernsthaft nehmen könne. Nicht so gleichgültig war Rosa, die, wenn sie oft lachend durch das Zimmer tanzte, wohl zu Zeiten stehen blieb, zuhörte, nachdachte, und dann einen Streit mit mir oder auch mit der Schwester begann, der manchmal so heftig geführt wurde, daß er zuweilen unfreundlich, einmal sogar mit Bitterkeit endete.

»Was soll es, sagte sie in dieser Stunde, daß Sie uns, und meine Schwester vorzüglich, mit Gedichten und einer Art von Empfindung bekannt machen wollen, die uns hier zu Lande fremd ist, die uns vielleicht unglücklich machen könnte? Was wir Poesie nennen, ist ebenso artig, glatt, anmuthig und das Leben erheiternd, wie unsere Möbeln, Gemälde, Blumen, Stickereien, Kleider und Putz. Wenn wir »Gedicht« sagen, so wissen wir, daß es eben Etwas ist, das eine ganz andere Empfindung hervorbringen soll, als jene ewigen Alpen dort, als dieser See anregt, als Sturm und Ungewitter in mir erweckt. Wäre es nicht lächerlich, für den Schrank dort, so schön und geschmackvoll er auch ist, zu schwärmen? aus ihm das Glück meines Lebens machen zu wollen? Abgeschmackt wäre dies; aber mehr als das, verderblich ist es, was Sie unternehmen. Gefühle zu entzünden, die, wie sie anfangs reizend locken mögen, doch Glück und Leben untergraben, uns mit der Natur, die erst angebetet wird, entzweien und unvermerkt das Leben selbst, unter dem Vorwand, es zu erhöhen, in Verzweiflung, Wahnsinn und Gespenst verwandeln. Ich werde meine Mutter und den Oheim aus Rolle bereden, daß es Jenny geradezu verboten wird, diese Sachen zu lesen, bei denen sie wenigstens die Zeit verdirbt.«

Jenny wollte widersprechen. Sie meinte, Rosa fable aus einem Traum heraus, kein Buch in der Welt, am wenigsten diese kalten deutschen Erzählungen und Gedichte könnten Phantasie und Herz bestechen; sie deuteten, indem man ihr Ungeheures anstaune, das sich nicht messen und mit nichts vergleichen ließe, auf das Geregelte und Klassische hin, das man durch die Bekanntschaft mit diesen Ungeheuern nur um so lieber gewinne und so die alte Ueberzeugung verstärke.

»Weil Du, rief Rosa erbittert, weder das Eine noch das Andere verstehst, sprichst Du so billig und abgemessen. Demjenigen, der nicht fühlt und faßt, steht natürlich Alles auf einer Linie.«

Rosa nahm das Buch, es waren die Leiden Werther's, mit großer Heftigkeit vom Tisch ihrer Schwester, und schloß es in ihren Schrank. »Wenn ich Sie nicht hassen soll, wendete sie sich dann an mich, so lesen Sie nicht so ganz unpassende Sachen mit meiner Schwester.« Sie warf mir einen zornigen Blick zu, Jenny war ganz verstimmt und die unschuldige Lidie weinte über unsern Hader.

Höchst mißmuthig ging ich nach meinem Hause, das ich, aus Zuneigung zu dieser Familie, in ihrer Nähe gemiethet hatte.

Recht böse, wie ich glaubte, auf die unbescheidene Rosa, fuhr mir der Gedanke durch den Sinn, Genf zu verlassen und nach Deutschland zurückzukehren.

Unmuthig wandelte ich am Abend den See entlang. Die hohen Alpen waren in Rosenlicht getaucht, die Fluth glänzte, eine balsamische Luft strich mit kühlendem Fittig über die dämmernde Gegend, als der Mond heraufstieg und ihn tausend goldne Sterne in den hüpfenden Wogen begrüßten. Wenn nur Rosa, die Widerspenstige, nicht zu der freundlichen Familie gehörte, wenn sie doch entfernt, verheirathet wäre! sagte ich zu mir selbst; sie stört das Leben der zarteren Schwestern. Wenn die verständige Jenny, so setzte ich meinen Monolog fort, ihren Sinn zum großen Deutschen erheben könnte, so würde sie vielleicht das Glück meines Lebens auf immer begründen. – Ich stand still, um diesem Gefühl weiter nachzugehn, und erschrak plötzlich vor der Leere in meinem Innern. – Gedanke, Empfindung, Alles brach schnell ab auf diesem Wege, wie mit Felsen verriegelt. – Und Lidie – sie war so schön, so fromm, so kindlich rein, – sie war vielleicht, was mein Gemüth gesucht hatte. – Alle Aussicht war mir unersprießlich, was Hoffnung und Wunsch schien, zerrann in einen Nebel, in ein Nichts. – Doch, warum bin ich denn in jenem Hause so glücklich?

Die Scheibe des Mondes stand jetzt mitten über dem See. Ein goldnes Netz lag wundersam auf dem glänzenden Kelche, in dem das blinkende Gewässer schäumte, es klang aus dem Berge und eine Nachtigall warf ihre träumende süße Klage in die flüsternden Wogen und mein zitterndes Herz. Ja, Rosa nur, so sagte ich mir plötzlich, sie ist es, die mich magnetisch nach jenem Orte zieht, die mich zauberisch bannt, daß der Fuß nur zögernd die theure Schwelle wieder verläßt, ihre leuchtenden Blicke sind es, auf die ich warte, denen mein Herz, wie die Blume der Sonne, entgegenschmachtet, um die Knospe aufzuthun und sich im seligen Dasein zu empfinden. –

Ich begriff nicht, wie ich über mich selbst bis dahin hatte so blind seyn können. Und doch, – wie feindlich stand mir nun diese Rosa gegenüber! Sie haßte mich vielleicht, mein Streben war ihr zuwider, so viel war wenigstens deutlich, sie verfolgte den Liebling meiner Seele, und mit alles Schöne, Alles, was mir lieb und theuer war.

So mit mir kämpfend, unglücklich und glückselig, auf Rosa scheltend und sie vergötternd, wandelte ich die ganze Nacht wie ein Mondsüchtiger den duftenden Stauden am See, den Hütten und Landhäusern vorüber.

So früh es schicklich war, besuchte ich die Familie. Rosa war nicht sichtbar, Lidie entschuldigte sie. Nun ich meiner Leidenschaft bewußt war, war auch jenes brüderliche Gefühl, als wenn ich ein Sohn des Hauses sei, verschwunden. Rosa kam endlich, als ich schon lange mit der Mutter gesprochen hatte, und behandelte mich kalt und gleichgültig.

Ich begriff nicht, wodurch mein bisheriges Glück so plötzlich verschwunden sei, oder was ich verschuldet hatte. Jenny und Lidie erschienen mir in einem andern Lichte als bisher, sie standen wie in trüber Dämmerung, in einem kalten Schatten, der sie mir unbedeutend machte, und Rosa, in deren Nähe mein Herz bebte, die alle Sehnsucht und Gefühle weckte, welche noch gestern geschlummert hatten, stieß mich zurück, und gab mir Schmerzen, so durchbohrend und tödtlich, wie sie mein Dichter mich hatte ahnden lassen. Mein Gemüth war zerrissen, und weder Göthe noch die Natur konnten mich trösten.

Die Verwirrung und der Unfriede meines Innern sollten noch quälender werden. Es kam Nachricht vom Vater, der in einigen Monaten zurückkehren wollte. Drei Befreundete, mit denen er lange in Neapel gelebt hatte, brachten Briefe. Wir hatten oft aus Genf, Rolle, oder andern Städten in der Nachbarschaft Verwandte und Bekannte gesehen, die, wenn sie auch nicht immer von der besten Gesellschaft waren, doch durch Gutmüthigkeit Wohlwollen erregten, und durch ihre beschränkte Weise höchstens Langeweile erzeugen konnten. Alle, vorzüglich der Oheim in Rolle, hatten mich in ihren Schutz genommen, und ich hatte ihn mit seinen Nichten und seiner Schwester selbst einmal in seinem Hause in Rolle besucht. Diese drei angekommenen Fremden aber betrugen sich gleich bei ihrem Eintritt so, als wenn ihnen Haus und Garten, die Mutter wie die Töchter eigenthümlich zugehörten. Der älteste, ein Offizier, war von der schlechtesten Erziehung und von rohen Sitten. Er trank viel und ließ sich gleich beim ersten Besuche von seiner Leidenschaft so überwältigen, daß er von seinen Leuten fortgeführt werden mußte. Am folgenden Tage war er so wenig beschämt, daß er vielmehr mit den Mädchen darüber, wie über eine heldenmüthige That, eitel und frohlockend redete, und versicherte, sie würden ihn noch oft in diesem Zustande sehn, in welchem ihn Kenner eigentlich am liebenswürdigsten fänden. Die schwache Mutter war so erschrocken und verletzt, daß sie diesem Frechen gern ihre Thür auf immer verschlossen hätte, wenn sie es hätte wagen dürfen, ihren despotischen Gemahl in seinem Freunde so zu beleidigen.

Der zweite Gesellschafter war ein alter, reicher Marchese, der in dem Briefe des Vaters vor allen übrigen am dringendsten empfohlen war, so daß die Ahndung der weltklugen Mutter in diesem schon einen künftigen Schwiegersohn sah. Der Alte schien auch mit seinen kleinen funkelnden Augen die Mädchen der Reihe nach zu prüfen, um zu erforschen, welche ihm als Gemahlin am besten gezieme. Der jüngste der Genossen war ein schon überreifer Stutzer, der zugleich das Metier eines Spielers trieb, weshalb sich auch bald andere Wüstlinge an ihn schlossen, in deren Gesellschaft er seine Leidenschaft befriedigte.

So war unser stilles Häuschen plötzlich die Scene des Lärmens, Tobens und schlechter Gesellschaft geworden. Diese übersendeten Freunde ließen mich argwöhnen, der Vater der Mädchen sei ein roher, vielleicht nichtsnutziger Mensch, und gern wäre ich geschieden, wenn mich Rosa's Blicke nicht, so kalt sie auch den meinigen begegneten, festgehalten hätten. Ich glich dem Schmetterling, der sich am Licht verbrannt hat, aber doch noch fliegt, nicht leben und sterben kann und immer um die verderbliche Flamme schwärmt.

Es war nicht möglich, sich in dem Hause noch behaglich zu fühlen, um so weniger, da mein eifersüchtiges Auge bald entdeckte, daß der alte Marchese schon, ohne sich zu erklären, Rosa zu seiner Gebieterin erwählt hatte, denn er gab ihr sichtlich vor ihren Schwestern den Vorzug. Sie selbst war sehr freundlich gegen ihn und schien seine Gesellschaft eher aufzusuchen als zu vermeiden. Gern hätte ich mich überredet, Rosa sei meiner Liebe völlig unwerth, sie sei nur ein geringes Wesen, und verdiene kaum Achtung: so oft ich mich mit diesen Sophistereien beruhigen wollte, oder ihr Bild in meiner Seele herabzuwürdigen suchte, so durfte sie nur durch das Zimmer schweben, um mit einem Blicke alle Anklagen niederzuschlagen.

Aber ich fühlte mich elend und fing an, mich selbst als einen Elenden zu schelten, daß ich nicht den Muth hatte, eine Gegend zu verlassen, die mir nur Qualen schuf. Als wieder eine Woche so hingegangen war, fand ich mich am Abend zu einer Versammlung ein, in welcher die drei Hausfreunde nicht fehlten. Rosa war munter, ohne ausgelassen zu seyn, Jenny ernst, wie immer, und Lidie sprach mit mir, gegen ihre Gewohnheit, viel Freundliches. Es schien fast, als habe sich ein zärtliches Gefühl ihres jungen Herzens bemeistert, so strahlend waren ihre hellen Augen, so freundlich ihr fein lächelnder Mund, und sie war mir noch nie so schön vorgekommen. Es wurde Musik gemacht, einigen alten Damen zu gefallen, und es war, nach langer Zeit, wieder einmal eine feinere Unterhaltung, ein stilleres Wesen im Gesellschaftssaal. Die Mutter schien Rosa, wenn sie mit dem Marchese sprach, aus der Ferne genau zu beobachten. Rosa, so heiter sie sprach, war doch nicht ganz unbefangen und trieb am meisten zur Musik, um im Gesang und Spiel ihre Verlegenheit zu verbergen. Sie gab auf mich und Lidie Acht und ließ uns nicht aus den Augen, selbst nicht, als sie mit Leidenschaft sang.

Man trennte sich und als ich spät in meinem einsamen Zimmer mein Schicksal noch überdachte, war ich höchst überrascht, daß mir auf einem sonderbaren Wege ein Billet in die Hände fiel, welches mir viel zu denken gab. Bei der Eil, in der Jeder seinen Hut nahm, hatte ich einen unrechten gefaßt und fand im Innern, zwischen der Seide ein Blatt: – »Du sagst, ich liebe Dich nicht? Was verlangst Du? Welches Opfer? Ich bin ja zu Allem bereit. Triff mich am Freitag an jener Stelle, dort beim kleinen Brunnen, wo ich Dir zuerst meine Liebe gestand, aber nicht früher, als zwischen zehn und eilf Uhr, dann schleiche ich mich aus dem Hause, um mit Dir zu verabreden, was wir thun wollen. – Ewig die Deine.«

Ich kann nicht beschreiben, in welchen Zustand mich dieses unselige Blatt versetzte. An wen war es gerichtet? Von wem? So viel ich mit der Familie gelebt hatte, so konnte ich mich doch jetzt nicht erinnern, ob ich jemals die Schrift der Mädchen gesehn hatte. Wie kam nur eine von ihnen dazu, wie konnte sie so tief sinken, an den

Trunkenbold, oder den elenden Spieler so zu schreiben, mit Worten, die schon ein längeres vertrautes Verhältniß entdeckten? Stellte ich mir die ernste Jenny, oder die kindliche Lidie vor, die mir eben erst so freundlich begegnet war, so konnte ich unmöglich glauben, daß an einen von diesen Verächtlichen das unglückselige Blatt gerichtet sei: die größere Wahrscheinlichkeit war also für meine geliebte Rosa, die die klügste, die schalkhafteste, die am geeignetsten war, sich zu verstellen und eine Intrigue anzuspinnen. Aber so erniedrigt! Ich meinte dann wieder, sie würde anders geschrieben, sich anders ausgedrückt haben.

Einmal wollte der Gedanke tröstend auftauchen, eine der fremden Damen sei die Verfasserin des unglückseligen Billets. Doch mußte ich diesen Einfall sogleich wieder als wahnsinnig abweisen, wenn ich an das hohe Alter, das abgemessene Betragen und die Prüderie jener Verehrungswürdigen dachte.

Sollte ich die Herren selbst nach der Reihe besuchen? Ich hörte, sie waren verreist; und an welchem Kennzeichen sollte ich den Schuldigen herausfinden? Ich konnte auch leicht die mir unbekannte Schreiberin compromittiren.

An die Mutter mich wenden? – Ich wußte nicht, welch Unheil ich anrichten möchte. Dann fiel mir wieder ein, die gesetzte Jenny zu meiner Vertrauten zu machen. Bedachte ich aber ihre Schweigsamkeit und Ruhe, so durfte ich mir keine Hülfe von ihr versprechen. Und wenn sie nun die Verfasserin jener Epistel war?

Ich wartete dann wieder, daß der elende Verführer den verhaßten Hut gegen den meinigen austauschen solle. Diesen Bösewicht wollte ich dann fordern und so die verletzte Ehre der Familie rächen. – Ich war wie wahnsinnig und lief geängstigt durch alle Zimmer, so daß mein Diener um meine Gesundheit besorgt wurde.

Das Beste schien mir endlich, die paar Tage verstreichen zu lassen, dann selbst um die bestimmte Stunde mich an den bezeichneten Platz zu begeben. Ich schrieb Briefe, schloß mit meinem Banquier meine Rechnung, machte nothwendige Besuche und ließ meine Sachen packen, damit ich, wenn Rosa sich in der Nacht dort einfinde, sogleich abreisen könne.

In der Zwischenzeit war ich wie ein Trunkener. Ich fühlte, daß meine Spannkraft sogleich nach der Entdeckung nachlassen und mein ganzes Wesen schwach und ohnmächtig zusammensinken würde. Jetzt lebte und handelte ich wie im Taumel. Das so oft besuchte Haus vermied ich.

Der bestimmte Tag kam. Die Sonne neigte sich zum Untergang. Mit stumpfem Auge sah ich das Schauspiel, welches mir die Natur aufführen wollte. Mir ward erst wohl, als die Dämmerung alle Formen auslöschte, oder in das Unbedeutende hinein zeichnete. Der aufgehende Mond weckte mich aus meinem Stumpfsinn. Dies schien mir der Abschiedsgruß meines Freundes aus dieser paradiesischen Gegend. Ueberhaupt glaubte ich, so jung ich war, mein Leben sei jetzt schon beschlossen, und der Tod wäre mir in dieser Stimmung erwünscht gewesen.

Ich verbarg mich im dicken Gebüsch und hatte den kleinen Brunnen im Auge. Das wohlbekannte Haus schimmerte mir nicht fern herüber. Ich glaubte manchmal, eine Gestalt sich von dorther bewegen zu sehn, doch täuschte mich der räthselhafte Mondschimmer.

Endlich, und meine Betäubung hatte die Annäherung nicht bemerkt, eine weiße Gestalt stand am Brunnen, – ich rauschte aus meinem Busch hervor, – war ihr nahe und erkannte sie, – es war wirklich Rosa. – Ein Zittern ergriff mich, und ich stürzte bewußtlos zu ihren Füßen nieder. –

Als ich wieder zu mir kam, fand ich sie sorgend um mich beschäftigt. Sie kniete neben mir und rieb mir die Schläfe, indem mein Kopf in ihrem Schooße ruhte.

Ich faßte ihre Hände und raffte mich auf. Sie erhob sich ebenfalls und ich sah sie starr an. »Wie kommen Sie, lieber Licht, hieher, sagte sie freundlich; ich erwartete jemand ganz anders. Und was ist Ihnen zugestoßen? Was fehlt Ihnen?«

»Sie können noch fragen? stammelte ich mit gebrochener Stimme, und ein kalter Schweiß rann in großen Tropfen von meiner Stirne; Sie fragen und sehn, wie Sie mich zertrümmern? Jetzt erst muß ich es Ihnen in kalten Worten sagen, daß das Herz, welches Sie gebrochen haben, Sie unaussprechlich liebte? Nehmen Sie denn hier das unglückselige Blatt, das mir, dem es nicht bestimmt war, ohne mein

Zuthun in die Hände gerieth, seyn Sie glücklich mit Jenem, wer es auch seyn mag, empfangen Sie mit diesem Todesblatt meinen Abschied, denn Sie sehen mich niemals wieder.«

Ueberrascht, ja erschüttert nahm sie das Papier aus meiner Hand. »Sie lieben mich? rief sie dann aus: wie kann das seyn? Dies Geständniß ist mir so neu – und darum also – «

»Ja, rief ich im höchsten Schmerz, darum, weil ich unwidersprechlich überzeugt wurde, daß Sie sich einem ganz Unwürdigen geopfert haben, warf mich der Schreck leblos zu Ihren Füßen nieder. Wenn ich doch nicht wieder erwacht wäre! Möchten Sie mich verschmähen und einen andern lieben, – aber – o Himmel! es ist zu gräßlich, daß ich Sie nicht mehr achten kann.«

»Setzen Sie sich zu mir, sagte Rosa fast erheitert, auf diese Bank: ein seltsames Verhängniß bringt uns hier in der Nacht zusammen und zwingt uns, einander zu vertrauen. Wie ich über das Geständniß Ihrer Liebe denk, erfahren Sie wohl morgen oder nächstens, das Nöthigste ist jetzt, Ihnen zu sagen, daß dieses fatale Blatt nicht von mir herrührt.«

»Nicht?« rief ich in höchster Freude.

»Nein, fuhr sie fort, es ist von dem armen unklugen Kinde, der unglücklichen Lidie. Jener Raufer und Trunkenbold, den ich eben so wie Sie verachte, machte sich vom ersten Tage, an welchem er über unsere Schwelle schritt, an das unerfahrne Wesen. Man kann es oft bemerken, daß so junge Mädchen aus Eitelkeit dem ersten Liebhaber, der sich erklärt, mehr als billig entgegen kommen. Ist es ein älterer Mann, so wirkt auf diese Unerfahrnen seine Bewerbung fast mehr, als die eines Jünglings. Ich behielt meine kindische Schwester im Auge und sah, wie selbst die Härte, ja Brutalität des Unwürdigen ihr imponirten und sie seine Aufdringlichkeit halb aus Furcht, halb aus Wohlgefallen erduldete. So war er vertraut mit ihr geworden, drückte ihr die Hände, umarmte sie, wenn er sich unbemerkt glaubte, und ich war überzeugt, daß seine Frechheit immer weiter gehn und die Kindische, die keine Erziehung gehabt hatte, Alles von ihm erdulden würde. An jenem letzten Abend merkte ich, daß Etwas verabredet werden sollte, mein Auge war aber so scharf, daß Lidie es nicht wagte, vertraulich mit dem Offizier zu sprechen. Sie war schon schlau genug geworden, daß sie meinte, sie könne mich durch ein langes, freundliches Gespräch mit Ihnen hintergehn. Nach der Musik machte sie sich, weil ich sie immer von ihrem Geliebten trennte, im Vorsaal mit den Hüten etwas zu thun; doch fiel ich nicht darauf, daß sie eine Bestellung dort anbringe. Ich entdeckte aber, indem ich in sie drang, Briefe von jenem Manne, der weder Vermögen besitzt, noch in der Gesellschaft eine würdige Stelle einnimmt, und es gelang mir, ihr Herz zu rühren, indem ich ihr die Gefahren vorstellte, denen sie sich aussetze. Erschüttert beichtete sie mir Alles und versprach, den Frechen niemals wiederzusehn. Ich kam hieher, dem unedeln Manne Alles zu sagen, was mir der Unwille eingeben konnte, und ihm seinen Abschied zu geben, und finde Sie hier. Ich muß nun, was ich mündlich sagen wollte, und was auch klüger ist, durch einen scharfen Brief abzumachen suchen.«

Während Rosa sprach und erzählte, hatte ich eine ihrer Hände gefaßt, die ich mit Rührung drückte. Sie erwiederte den Druck, stand dann auf und sagte, fast schelmisch lächelnd: »Sie sind also auch so verwegen, mich zu lieben?«

»Unaussprechlich, erwiederte ich, denn für dieses Gefühl hat auch der Dichter keine Worte. Aber Sie – ist es denn, wie ich vermuthe, daß Sie jenem Marchese bestimmt sind?«

»Man spricht und denkt vielerlei, antwortete sie; begleiten Sie mich jetzt nach Hause, aber nur bis zu jenem Baum, damit Keiner mich dort mit Ihnen sieht, wie doch zufällig geschehen könnte.«

Wir gingen eine Weile schweigend. »Sie wissen doch, sagte sie endlich, daß Huß, der wegen der Lehren des Wiklef verbrannt wurde, anfangs heftig gegen den Wiklef kämpfte?«

»Ja, erwiederte ich; aber was wollen Sie damit sagen?«

»Nun, antwortete sie, morgen oder übermorgen die Erklärung. – Aber, Freund, Sie führen Ihren Namen mit Unrecht: Sie heißen Licht und wandeln immerdar im Finstern.«

»Wieder ein Räthsel?« fragte ich.

»Ungläubiger! Blinder! Verstockter! sagte sie, fällt hier im Walde in Ohnmacht, und weiß nicht, daß ich ihn längst liebe?«

»Rosa!« rief ich aus, erschreckt vor Wonne. Sie litt die Umarmung und den Kuß und sagte dann heiter: »Nun schlafe aber auch recht wohl.« – Sie ging schnell fort und winkte noch einmal zurück. Wie breitete ich die Arme überselig gegen den Glanz aus und ergab ich mich inniger wie je diesen Gefühlen der Mondsucht.

*

Als ich wieder das Haus besuchte, war die kleine Lidie zerknirscht, und wagte kaum, sich zu zeigen. Wie die unerfahrene Jugend in den seltsamen Lagen des Lebens dreister ist, als die Menschen, die die Welt mehr kennen, so ist sie eben so, wenn sie gedemüthigt wird, weit mehr niedergeschlagen und zerschmettert, als jene.

Jenny, die bemerkte, daß ich mich mit Rosa mehr verstand, zog sich ganz von mir zurück und zeigte sich fast immer, als wenn sie mich dadurch kränken wollte, mit irgend einem französischen Autor in der Hand.

Es fügte sich erst nach einigen Tagen, daß ich mit meiner geliebten Rosa in der Einsamkeit vertraut sprechen konnte. Sie war eben so heiter als gewöhnlich und lachte über meine Befangenheit. Sie freute sich darüber, daß ich mich so glücklich fühlte, spottete aber über meine Entzückung, die sich nur als Rührung ausdrücken konnte. Es ward mir schwer, im Gespräch die Thränen zurückzuhalten, und Alles, auch das Unbedeutendste, was sie mir sagte, rührte mich unbeschreiblich. Wir gingen in den Garten und setzten uns in die Laube. Die Familie war auf einen Besuch, und wir konnten darauf rechnen, lange ungestört zu seyn.

Rosa sagte nach einiger Zeit: »Ich hoffe, Lidie ist auf immer vor den Nachstellungen jenes rohen Menschen gesichert. Sie sieht ihr Unrecht ein und hat mir feierlich, unter Thränen, versprochen, mir Alles mitzutheilen, wenn sich etwas ereignen möchte. Der widerwärtige Offizier scheint von jeder Unternehmung durch meinen heftigen Brief abgeschreckt zu seyn, weil er die Ankunft meines heftigen Vaters fürchtet, der nicht mehr so lange ausbleiben wird.«

Die letzten Worte erschreckten mich. »O Rosa, Geliebteste, rief ich aus: was können wir von Deinem Vater hoffen?«

»Wenig oder gar nichts, antwortete sie, er ist der heftigste aller Menschen, und was er sich einmal vorgesetzt hat, davon kann ihn keine Macht auf Erden zurückbringen.«

»Und er würde unsere Liebe nicht billigen?« fragte ich furchtsam.

»Liebster, antwortete sie munter, er hat jenen alten Marchese herübergeschickt, mit der Vollmacht, unter uns Schwestern die auszusuchen, die ihm zur Gattin am meisten zusagen möchte. So sehr ich mich zurückgehalten, so sehr ich die Spröde und Eigensinnige gespielt habe, so hat dem alten Menschen mein munteres Wesen doch mehr als das meiner Schwestern zugesagt, und ich bin die Auserwählte. Ich habe auch schon bemerkt, daß der Kavalier, welcher in allen Dingen sehr nach der Ordnung verfährt, meinem Vater die Wahl und seinen Entschluß mitgetheilt hat. Ach! lieber Mann, das Leben ist ein buntes, lustiges, widerwärtiges Wesen: und wenn es Euch Männer schon oft so sehr drückt, daß Ihr über die Wunden schreit, so drückt es uns Mädchen und Weiber lieber gleich zu Tode.«

»O Rosa, sagte ich, wie ist mir dies Alles doch so neu, daß ich Dir angehöre, und Du meine Liebe erkennst, daß Du mein Wesen verstehst, daß Du die Meinige seyn willst.«

Sie entzog sich meinen Umarmungen nicht und sagte nur: »Doch, Lieber, in welcher weiten Ferne liegt das noch Alles! Bist Du Der, für den ich Dich halte, so findest Du vielleicht Mittel und Wege, auszugleichen und Das, was unmöglich scheint, auszurichten. So viel habe ich wohl gemerkt, daß der Prozeß, weshalb mein Vater nach Italien ging, die Wendung nicht genommen hat, welche er hoffte; bist Du also nicht reicher als der Marchese, so wird mein Vater Dir immer feindlich bleiben, abgesehn davon, daß er jener alten Figur schon sein Wort gegeben hat.«

Wir träumten und schwärmten, und nach vielen heitern und ernsten Gesprächen fragte ich endlich: »Nun, liebstes Kind, was meintest Du neulich mit Deinem Wiklef und Huß?«

Sie lachte heftig und sagte nach einer Pause: »Verzeih, daß ich Dich vielleicht verletze. Aber schon am ersten Tage kam es mir possirlich vor, daß Du meine Schwester Jenny zur Proselytin machen und ihr die Schönheiten der deutschen Literatur klar machen wolltest. So gut und lieb das Kind ist, so hat sie doch niemals große Lust an Büchern gehabt. Wir konnten auch dem Geßner, ob er gleich unser Landsmann ist und die Franzosen ihn sogar übersetzt haben, niemals Geschmack abgewinnen; noch weniger Euerem Hagedorn, Ramler, oder gar Klopstock. Wir hatten hier unter uns ausgemacht, daß die Deutschen, die zwar in ihrem Friedrich einen großen Feldherrn und König besaßen, sich doch keiner Dichtung rühmen könnten. Nun kamst Du, feiner, gutgekleideter, sprachseliger Schwärmer, hier an mit Deinen deutschen Büchern. Ich sprach, ich zankte, ich kämpfte für meine Franzosen, bei denen mir, trotz ihrer gebildeten Sprache, immer die Zeit herzlich lang geworden war. Eure Lektüre fing an, und ich hörte aus der Ferne zu, oft nur im Durchlaufen, einzelne Verse, Worte, Stellen. Was ich hörte, war so, wie ich noch nie etwas ähnliches vernommen hatte. Und Dein Feuereifer! –«

»Fahre fort«, sagte ich, mich in ihren schönen Augen spiegelnd.

»Ja wohl, sagte sie erröthend, war es wunderbar, daß Huß anfangs die Schriften des Wiklef nicht lesen wollte, daß er sich mit dem größten Abscheu von ihnen abwendete, und nachher seine Bewunderung derselben und seinen Feuereifer nicht anders sättigen und kühlen konnte, als daß er sich für dieselben Lehren auf dem Holzstoß verbrennen ließ, die er erst verflucht hatte. Man hüte sich vor dem Haß ebenso sehr, wie vor der heftigen Liebe, denn wie oft ist er nur eine verhüllte Liebe, die sich selbst noch nicht kennt. In der Nacht stahl ich meiner Schwester die Bücher, die sie las, ohne sie zu verstehen, und – – «

»Was ist Dir?« fragte ich besorgt, denn ich sah, wie das heitere Wesen plötzlich so heftig weinte, als wenn es sich in Thränen auflösen wollte.

»Laß mich, Ferdinand, sagte sie, denn mir ist so wohl, so unbeschreiblich wohl. Ich hatte nicht gewußt, es nicht für möglich gehalten, daß so Etwas in dieser Sprache, mit diesen Gefühlen sich für Poesie ausgeben dürfe, als Dein geliebter Göthe mit den wundersamsten Lauten in die Seele flößte, die unter der Last dieser Wonne, in diesem höchsten Leben oder Sterben sich vor Freude, Sehnsucht und Wehmuth auflösen wollte. Hat die Welt schon je dergleichen gehabt, wie diese Lieder? Hatte die Natur mich oft gerührt, die

Sonne, die Alpen, das Flüstern der Büsche im Abendroth, wenn die hohen Gebirge glühten und ihr Funkeln herüberblickte, – dämmernd, ungewiß, wie Morgennebel waren wohl Ahndungen ähnlicher Art in mir aufgestiegen, wie ich nun hier in Form, Gestalt, im allersüßesten Laut vernahm, und mir wiederholte, und immer von neuem wiederholte, bis ich alle diese Lieder auswendig wußte. Und dann dieser Götz, diese Masse, diese Fluth von Gestalten und Empfindungen, so unendlich verschieden, so viel und vielerlei, und in dieser erhabenen Wehmuth festgehalten: dieser Werther, ein einziges Werk, eine Offenbarung, als wenn das reinste Herz der Liebe und Gebirge und Wald ein und dasselbe wären. – Verzeih mir, ich muß lachen, male ich mir wieder das Bild aus, wie trocken meine Jenny vor diesen Blättern saß; sie hätten eben so gut chinesische Zeichen enthalten können. Und Du daneben! So begeistert, so gutmüthig erklärend, so unermüdet, den Sinn, der sich ja niemals in Worte fassen läßt, ihr mitzutheilen und ihr todtes Innere aufzuschließen. – Ohne daß ich es wußte und bemerkte, glitt meine unsterbliche Liebe von dem einzigen Dichter auf seinen Erklärer hinüber. Es giebt nichts Schöneres, nichts Rührenderes, als ein edles Gemüth, das in jugendlicher Begeisterung keine höhere Aufgabe kennt, als Das, was sein berauschtes Herz ganz anfüllt, Andern, die es zu lieben wähnt, mitzutheilen, und sie derselben Seligkeit theilhaftig zu machen, in welcher es selber schwebt.

»Sich so unterzuordnen, ohne Altklugheit und Kritik nur den Ausdeuter des Propheten und der Offenbarung zu machen, nie mäkelnd, nie kalt, nie darauf denkend, im Bewundern des Vergötterten einen Theil der Bewunderung auf sich selbst hernieder zu ziehn – diese kindliche Inspiration, oder wie soll ich es nennen? gewann Dir mein ganzes Herz.

»Oft waren Deklamatoren, Improvisatoren und kritische Bewunderer in unserm Hause gewesen. Wenn ein solcher aufgeblasener Begeisterter Verse von Racine oder Corneille hergepoltert und geprustet hatte, so lag immer in dieser Schaustellung die Andeutung, daß die Dichter nun erst durch diese Anstrengung, Herablassung und mächtige Erläuterung dieses tiefsinnigen Bewunderers geadelt würden. Wenn ein Italiener mit den aufgehobenen Fingerspitzen über den Kopf, als wenn er eine Prise Spaniol schüttelte und verarbeitete, ein Sonett seines Petrarka herschluchzte und donnerte, so hatte ich immer ein Mitleid mit diesem Sänger der Liebe, dessen künstliche Anstrengung durch diese wunderliche Begeisterung lächerlich gemacht wurde.

»O Du Deutscher! Soll ich mehr Dein gutes Gemüth, Deine Unbefangenheit oder Pedanterie bewundern? Du hörtest, Du sähest mich nicht, Du nahmst Alles, auch das Tollste, was ich sagte, für baaren Ernst, und straftest mich, wenn Du keine Worte mehr finden konntest, mit Blicken, die Verachtung meines geringen Wesens hinreichend ausdrückten. Ich gewann Dich mit jedem Tage lieber, Dein Göthe ward mir immer leuchtender und in seinem unendlichen Geheimniß immer verständlicher; aber ich hütete mich wohl. Dich davon und von meiner Umwandlung etwas merken zu lassen. Du hättest glauben können, so sprach mein Eigensinn, daß meine Bewunderung Deines Dichters Dein Herz bestürmen solle. Ich war zu stolz, und wendete Alles an, mich nicht zu verrathen. Warst Du doch so ganz eins mit Deinem Dichter, daß es Dir wohlthun mußte, wenn ich ihn lobte und pries, da ich sah, wie viel Dir daran lag, Jenny, die keines Glaubens fähig ist, zu bekehren.«

*

So, mein geliebter Neffe, waren wir eins geworden. Es thut mir unendlich wohl und schmerzt mich zugleich, alle diese Erinnerungen zurückzurufen. Alle jene seligen Tage treten mir nahe und grüßen mich wehmüthig.

> Ach! ich hatt' es doch einmal,
> Was so köstlich ist;
> Daß man doch zu seiner Qual
> Nimmer es vergißt!

Nach vielen Reden, Plänen, Zweifeln beschloß ich endlich, mich an den Oheim in Rolle zu wenden, der gut und weich war, und mit seinem heftigen Bruder nichts weniger als einverstanden, daß Rosa an den alten abgelebten Marchese verschleudert werden sollte.

Rosa ging zum Besuch zu ihm, unter dem Vorwand, eine Cur zu brauchen. Unter seinem Schutze wurde sie mir vermählt, und die Ehe wurde geheim gehalten, selbst die Mutter wußte nichts davon.

O, ihr paradiesischen Tage und Wochen! – Neffe, die ganze Erzählung dieser Geschichte hat mich unendlich bewegt.–

*

Ich will fortfahren und beschließen und doch gehört Muth dazu, ein eiserner, um mein Herz zu bezwingen, das noch jetzt, so alt ich bin, in Wehmuth zerfließen möchte.

*

Ich mag nicht weitläufig mein Unglück beschreiben, lieber Neffe. Seltsam genug, daß ich mich zu dieser Erzählung habe hinreißen lassen.

Die Vorwände, die den Aufenthalt Rosa's in Rolle verzögerten, waren endlich vom gutmüthigen Oheim erschöpft worden. Sie mußte zurückkehren und ich begleitete sie.

Der herrliche See, die Aussicht von Nyon im schönsten, klarsten Wetter, Alles erschien mir trübe, grau und farblos. Je näher wir der Heimath kamen, je schwerer wurde mein Herz.

Welch Gefühl der Mutter gegenüber! Aber wie ward mein Sinn verwirrt, als am folgenden Tage Lidie verschwunden war. Sie war mit jenem Freibeuter entflohn, der doch Mittel gefunden hatte, sie wiederzusehen und ihre Leidenschaft von neuem zu entzünden. Ich erschien mir, mit meinem drückenden Geheimniß, nicht besser, als jener verwilderte Mensch, den ich immer so tief verachtet hatte.

Der Vater kam zurück. Ein heftiger Charakter, der über Alles zürnte, und sich selbst von Kleinigkeiten bis zur Wuth entflammen ließ. Ihm, der nie die Vernunft hörte, sollten wir uns entdecken. Was konnte es mir helfen, daß ich unabhängig lebte, Vermögen besaß und der Sprößling einer alten, nicht unbekannten Familie war? Auf den milden Oheim hatte alles dies gewirkt, als er unsere Liebe und Leidenschaft sah; der Unbändige nahm auf nichts Rücksicht. Er tobte und wüthete, und sein gewöhnlicher unvernünftiger Zorn war noch heftiger, da er jenen Prozeß verloren und dadurch viele Einbußen erlitten hatte.

Rosa ward eingesperrt, mir der Zutritt verweigert, auf einen schmerzlichen Brief von mir ward keine Rücksicht genommen. Ich suchte in Rolle Trost und Hülfe, und wollte die Gerichte zu Hülfe rufen, oder meine Gattin durch List oder Gewalt aus dem Hause des Vaters entführen. Wir sprachen, beredeten viel, entwarfen viele Pläne und hörten den Rath manches Rechtsgelehrten.

Wir hatten uns vorbereitete. Der Oheim begleitete mich. Als wir ankamen, war das Haus verschlossen. Haus und Gut war eilig und unter dem Preise verkauft worden, die Familie war abgereist, keiner der Nachbarn wußte, wohin.

Mein Schmerz warf mich auf das Krankenlager. Wochen, Monde vergingen. Der Alte pflegte mich, als wenn ich sein Sohn gewesen wäre. Als ich meine Besinnung wiedererlangt hatte, war ich so schwach, daß mir Alles, was mir begegnet war, nur wie ein Traum erschien. In diesem Schattenleben durfte es der liebe Pfleger wagen, mir den Inhalt eines Briefes mitzutheilen, den er seitdem heimlich von der Mutter erhalten hatte. Sie wagte es nicht, den Zorn ihres Gatten fürchtend, den Ort, wo sie lebten, zu nennen – aber Rosa war in Gram und Verzweiflung gestorben und der alte Marchese hatte sich mit Jenny vermählt; Lidie und ihr Entführer waren zum väter-lichen Hause zurückgekehrt und hatten Vergebung gefunden.

Ich hätte sterben mögen. Aber jene Dumpfheit aller Lebensgeister rettete mich.

Der Mensch übersteht Vieles. So groß mein Schmerz war, so den-ke ich doch gern an jene Wochen, die als die schönsten meines Le-bens leuchteten.

Der Neffe an den Onkel.

Begriffe ich nur das Leben der meisten Menschen, die doch auch glücklich und zufrieden sind, ja viel zufriedner, als ich! Man kann nicht immer Natur und Kunst, Liebe und das Edelste der Welt in allen Stunden in sich aufnehmen, es verstehn und würdigen: aber wer auch keine Sehnsucht darnach hat, und also den Versuch auch niemals anstellen kann! Wie man sich so ruhig sagen kann: das Alltägliche, Niedrige, Gemeine ist unsere Bestimmung! Was darüber hinaus schlägt, ist Schwärmerei, und wird früher oder später Laster und Bosheit! – Und so leben und sterben doch die allermeisten Menschen. Denn jene süßlichen Heuchler und empfindsamen Wortverdreher will ich nicht erwähnen, die immerdar lügen und schlimmer als jene Gemeinen und Erbärmlichen sind. – Ja wohl hat das Leben einen kläglichen Anblick, wenn man sich nach der Mehrzahl der Menschen ein Bild davon machen will. –

Ich bin auf meiner seltsamen Pilgerfahrt bis an den Rhein vorgerückt. Sie erhalten, wie Sie sehn, diesen eiligen Brief aus Straßburg, das ich morgen wieder verlasse.

Wo hätte ich ihrer nicht gedacht? Mein Leben, meine Liebe zu ihr und meine Liebe zu Göthe sind mir so in Eins verwachsen, daß es mir schwer wird, Eins vom Andern zu trennen. Und wozu auch? Wo ich seine Gedichte aufschlage, besonders seine früheren, die mir nun einmal die liebsten sind, tritt mir ihr Bildniß unmittelbar entgegen: ich fühle ihren Athem, die Berührung ihrer schönen weißen Hand.

Es gibt keine Wahrheit, als die Liebe, und es gibt nichts, über das es sich der Mühe verlohnt zu lachen, als die Liebe: Thränen und Schmerz weissagen auch nur von ihr, – darum – –

Nicht wahr? Diese Gedankenstriche und was sie für den Wissenden verschweigen, enthalten im Grunde Alles, was uns Aesthetik und Religion sagen können. Auch wohl die Philosophie, wenn sie die ist, die ich dafür halte, und die die Philosophen noch so wenig gesucht haben.

Ich bin aufgeregt. – In Frankfurt, welches mir keine angenehme Stadt ist, hatte ich nichts Eiligeres zu thun, als das Haus aufzusuchen, in welchem Göthe seine erste Jugend durchlebt hat.

Das Haus auf dem Hirschgraben ist nicht so groß, als ich es mir gedacht habe. Was mir aber noch mehr auffiel, ist die geringe Höhe der Zimmer. Mich drückt nichts so nieder, als eine Decke, die sich nicht genug erhebt, und es ist sonderbar, daß der verständige und ehrgeizige Vater bei seiner Verbesserung nicht etwas mehr in die Höhe gebaut hat. Aber freilich war er wohl auch nicht frei, da er mehr besserte als baute.

Mit welcher Andacht habe ich das Zimmer des damals jungen Göthe besucht. Es geht in den Hof und die Aussicht ist beschränkt. – Im Grunde bemitleide ich alle die kalten, unfähigen oder altklugen Menschen, die meine Begeisterung für diesen Genius nicht theilen, – denn, wie viel entbehren sie! Ueberhaupt, wer nicht mit vollem Herzen bewundern kann, wie arm ist der! – Und hier gilt es nicht einen Griechen, dessen Umgebung sich nicht wiederfinden läßt, keinen Shakspeare, von dem wir wenig oder nichts wissen: sondern einen geliebten Landsmann, von dem die Spuren und Fußtapfen noch deutlich reden, der noch lebt, von dem wir so viel, wenn wir nur wollen, erfahren können. – –

Ich schwärmte im Badenschen. Ich lernte Eberstein Eberburg, die Ruine von Baden und den herrlichen Schwarzwald kennen. In meinem Vaterlande habe ich solches Grün, so üppige Vegetation, diese Kastanienbäume noch niemals gesehn, wenn ich nicht das edle romantische Heidelberg ausnehme.

Ich ging nach Straßburg, und las oben auf dem Münster Göthe's Namen. Hier war mir Alles wichtig, bedeutsam und erhebend. Hieher waren meine Jugendträume immer geschwärmt. Und es ist wahr, lernt man die Umgebung kennen, in welcher sich ein Liebling unserer Seele aufgehalten hatte, so wähnt man, diesen genauer kennen zu lernen und ihm näher zu kommen. –

Nach Drusenheim und Sesenheim führte mich nun mein Weg. – Gibt es schon eine ähnliche Lebensbeschreibung, als die Göthe von sich gegeben hat? Alles eben so frische Farbe, als sicherer Umriß. Wie heimlich lieblich, wie zart und blühend, ohne Affektation und

Weichlichkeit ist Alles, was er von Friederiken, diesem Sesenheim, ihrer Familie und Umgebung schreibt!

Zwar der Weg dahin dünkte mir nicht so reizend, als Göthe ihn malt. Mag die Gegend an Bäumen verloren haben, mag der Krieg während der Revolution (und bei Sesenheim selbst ist ein Treffen vorgefallen) Vieles umgestaltet haben, aber der Elsaß, so schön er ist, ist es nicht so auffallend in der Nähe des Rheins. Beide Ufer, das deutsche wie das fränkische, sind hier dürr und nicht glänzend grün. Mir, der ich so eben aus den paradiesischen Umgebungen von Baden-Baden kam, fiel dies noch mehr auf. Und so ist die Gegend am Rheinstrom fast allenthalben auf der deutschen Seite schöner.

Nach Drusenheim führt eine gute Chaussée. Die Dörfer scheinen nicht wohlhabend. Bald hinter Drusenheim beugt der Weg, die Chaussée verlassend, links ab, und man kommt über grüne Wiesenwege nach dem abseit liegenden Sesenheim. Das Dorf ist groß und hat ein gutes Haus, welches einem Verwalter, oder Maire, oder dem katholischen Geistlichen zugehören mag. Die Schenke ist eng, schmutzig und jetzt so ohne Vorrath, daß ich mehr als genügsam seyn mußte.

Nicht wahr? Sie haben sich auch das Haus des Predigers, wie Göthe es so bezaubernd schildert, etwas abseit liegend gedacht, vorn einen kleinen Wiesenplan, Wirtschaftsgebäude und Stall mit einem etwas eingesunkenen Strohdach, wie uns holländische Bilder, oder auch manches Gebäude unsers Vaterlandes zeigt? – So ist es aber nicht.

Dicht an der Schenke, gegenüber vom Kirchhof, der ohne Mauer, flach und traurig mit seinen Kreuzen daliegt, ein kleines, unansehnliches, gelb angestrichenes Haus. – Ich fragte einen langgewachsenen, alten Mann, der dort ging, und er sagte mir, er sei der zeitige Prediger des Orts und bewohne das nämliche Haus, welches noch ganz dasselbe, unverbessert und unausgebaut sei, wie es jene Predigerfamilie in Göthe's Jugendzeit bewohnt habe.

Ich war erstaunt. Die Revolution, die Kriege, der Befreiungskrieg, Kosaken, die unten die Wand eingeschlagen und aus dem Studirzimmer einen Stall gemacht hatten; – dies war wiederhergestellt worden, aber das Haus selbst noch so wie damals, mit allen Wänden, Zimmern, und kein Plan von Göthe oder einem Andern zur Erweiterung der Wohnung ausgeführt.

Ich betrat die Zimmer, wie ein Heiligthum. Alle, unten wie oben, eng und klein. Nicht zu begreifen, wie irgendwo die Gesellschaft, die Tischgenossen unterzubringen gewesen, oder wo gar jene Tanzpartien stattgefunden, die uns Göthe so anmuthig schildert. Es sind unten wie oben nur wenige Zimmer. Die Bank noch vorn, an der Seite des Hauses. Die Laube, wie mir der alte Pfarrer sagte, ist von ihm etwas abseits gelegt worden. Der Hof war, die Schuld der jetzigen Wirthe, schmutzig, und der Garten ist ebenfalls nur klein und ohne Schmuck und Ordnung.

Gewiß war Alles erfreulicher und schmucker, als Göthe hier war, denn damals hatten die Geistlichen noch den Zehnten und waren also viel wohlhabender. –

Sie, – sie, – die Einzige war hier gewesen und hatte dem Pfarrer eine Karte zurückgelassen. Ich fand auch einige Blätter von Engländern, die aus Verehrung unsers Dichters eine Wallfahrt hieher unternommen hatten.

*

Wie es so wunderlich mit allem Menschlichen geht, mit so Vielem, das uns lieb und werth ist! Glauben Sie wohl, daß es mich gewissermaßen gereut, daß ich Sesenheim besucht habe? Zwar nicht gereut, der Ausdruck paßt nicht. Aber eine unpoetische Wehmuth erfüllt mich, daß Alles dort so anders, so ganz anders war, als meine Phantasie es mir, nach der unvergleichlichen Schilderung unsers Dichters, vorgemalt hatte. Denn diese Schilderungen in seinem Buche von diesem Theile seines Lebens, die Darstellung dieser Gegend und jener liebenswürdigen Familie, das süße Licht, das Alles magisch umspielt, diese liebevollen Töne, die so ungesucht sich dem Erzähler bieten, und die uns so heimathlich einführen, daß wir uns dort als lang eingewohnt befinden – alles Dies hat sich in der jetzigen Wirklichkeit mir zu wenig erfüllt.

Die Wälder hier herum sind sehr gelichtet, so daß die Gegend gewiß dadurch ihr Charakteristisches zum Theil verloren hat. Eine Bank hat der alte Prediger, der jetzt jenes Haus bewohnt, Friederikens Ruh getauft, sowie es damals eine solche Stelle gab, die so genannt wurde. Aber, wie gesagt, der Himmel ist drüben, in der Nähe des Schwarzwaldes, glänzender, die Erde und die Bäume grüner, die Vegetation üppiger und Alles poetischer.

*

Ich hätte beinah Händel gehabt. In einem gewissen Mißmuth fuhr ich nach Straßburg zurück, und bestieg, obgleich es schon finster wurde, noch einmal den Thurm des Münsters. Auf der Wendeltreppe, die nicht gar breit ist, begegnete mir im Dunkeln von oben herab Jemand. Ich räusperte, um ihn aufmerksam zu machen, damit wir nicht an einander stießen. Er, der Keinen vermuthen mochte, gab auf das Zeichen nicht Acht, obgleich ich, indem ich hinaufstieg, zu sprechen anfing. In demselben Augenblick aber stießen wir schon, weil er durchaus nicht auswich, hart auf einander. »Seht, den groben Menschen!« rief eine jugendliche Stimme. – »Mein Herr, sagte ich, wer Sie auch seyn mögen. Sie haben es sich selbst zuzuschreiben, daß Sie auf mich stießen, da Sie weder still standen, noch auswichen, so viele Zeichen ich auch gab.« – Ein Wort gab das andere, er sprach auch von jungen unhöflichen Leuten, ich erwiederte eben so, und es war lächerlich, daß zwei Menschen, die sich weder kannten, noch sich unterschieden und sahen, im Finstern ein solches Zweigespräch führten. Ich nannte ihm endlich meinen Namen und es fand sich, daß wir in demselben Gasthofe wohnten.

Mit verdrüßlichen Gefühlen bestieg ich meinen geliebten Thurm und gelangte auf die Plattform. Ich erwartete den Mond, ging hin und her und blickte auf die Stadt und ihre unzähligen Lichter hinab. Betäubend ertönte der Schlag der Glocke und ich stieg noch hoher. In der feierlichen Einsamkeit vergaß ich endlich meinen einfältigen Streit und konnte mich den großen Eindrücken wieder ganz überlassen.

In solchen Momenten und Stimmungen verwandelt sich das ganze Leben, Vergangenheit und Zukunft in Dämmerung und Traum. Im Chaos und der Gestaltlosigkeit fühlt man ahndend den Reichthum des Geistes und ein wunderbarer Humor blitzt durch die sanfte Wehmuth und ergreift hier und dort ein Gefühl, um es an das Licht zu ziehn und ihm Gestalt zu geben. Lange träumte ich und phantasirte ich oben, indem der Schimmer des Mondes über der

Landschaft lag. Aus allen Quellen der Natur sprang mir Frische, Wohlsein und liebliches Behagen und es war mir lieb und recht, daß das Leben ein Räthsel sei und mit allen seinen Bestimmungen an den Unsinn streife. War die Wehmuth der Liebe doch hin durch das ganze Netz geflochten und Sehnsucht und Freude hingen wie goldne Tropfen glänzend an den Fäden. Wenn man es weiß, daß es im gewöhnlichen Sinn der Menschen keine Freude giebt, daß die ächte mit dem wahren Schmerz verschwistert ist, so kann man sich über Vieles trösten.

Es giebt eine Laune, die unser Jean Paul gesucht und oft gefunden hat, die mit dem Wahnsinn spielt und ihn, wie ein Kind den Löwen, zähmt und zum Kameraden und hüpfenden Freund der lieblichen Thorheit macht. Wehmuth und Scherz springen sich liebkosend in die Arme und die Verzweiflung wird zum Schatten und zur Täuschung. Hat sich unser geliebter Freund Paul auf diesem Felde des Wunders ergangen, hat er die goldensten Traumblüthen gebrochen und in einen duftenden Strauß gebunden, so kehrt er dann immer wieder, leider, zur Altklugheit zurück, verzettelt die Wunderblumen und meint, er finde das höhere Leben, wenn er mit dem Traum auch die Wahrheit verloren hat.

Ich war glücklich, mein väterlicher Freund, indem so mein ganzes Wesen ein Andenken an Emilien ward, im weit gestreckten Schlummer der Natur, indem der Mondschein wie eine goldene Decke über das Bette des Kindes sich legte, war Emilie der süße Traum dieses All.

Als ich hinabstieg, war es schon spät. Ich wollte erst, nach meiner schwärmerischen Stimmung und Rausch, die Gesellschaft vermeiden, schalt mich aber selbst, daß ich der Schwelgerei des Gefühls nicht Einhalt thun wollte, und trat in das große Zimmer, wo Alles schon längst an der Tafel versammelt war. Schreiend, kreischend und verworren kamen mir alle diese unnützen Reden vor, indem sie gellend durch die beruhigte Einsamkeit meines Innern fuhren. Ich habe es oft schon empfunden, aus welchem heiligen Gefühl die Karthäuser das Stillschweigen zur Regel ihres Ordens machten. Himmlisch ist die Rede des verständigen Freundes, das erröthende Geständniß der Geliebten, die ihr Entzücken in zarte Worte birgt; wundersam der Trost des Edeln dem Kranken und Leidenden, die

Stimme des Retters der Verzweiflung – und dann der große Denker, der Dichter, die den Laut beleben und ihm die goldene Rüstung anlegen – aber diese gewöhnliche, unglückliche Berührigkeit der Zunge, die ein leeres Geräusch verursacht, wogegen das Baumrauschen und Bachflüstern heilig und religiös ist. Nicht nur der Gedanke wird erschlagen und das Gefühl zermartert, sondern ein Nichts, eine Thierheit schnattert und klappert und thut eine Armseligkeit kund, daß das vereinsamte Thier mit dem bebenden Laut, das so oft in Angst und Freude nach Sylben zu suchen scheint, mir gegen dieses menschliche Gebelfere ehrwürdig vorkommt. Freilich hätte ich in meiner erhobenen Stimmung oder Verstimmung nicht in den Rath der Verwirrung hinuntersteigen sollen. Die Rede des Tages flatterte wie ein eingefangener Rabe oder eine schwirrende Fledermaus hin und her und schlug mit klappernden Flügeln an Fenster und Decke. Eine schreiende hohe und hohle Stimme war meinem Ohr vorzüglich widerwärtig. Der junge, unreife Mensch wußte Alles, und besser wie die Andern, und am besten. Mein Aerger ward aber zum Grimm erhöht, als der Bursche, so auf die gewöhnliche Art, nun auch über Göthe raisonnirte und schwatzte und der Freude nicht genug haben konnte über die Entdeckungen, die er in den Werken des Meisters gemacht hatte, und von Fehlern, Schwächen, Widersprüchen redete und seines Unsinns kein Ende fand. Einige staunten ihn an, Andere sprachen nur schwach dagegen, aber mein Zorn erhob sich in meinem Innern, und wuchs immer größer, und endlich konnte ich mich nicht zurückhalten und endete das unsinnige Gerede mit den stärksten und empfindlichsten Zurechtweisungen.

Ich sah, daß manche der Verständigern sich meiner Rede erfreuten, das munterte mich noch mehr auf, mit einem Wort, ich war ganz jung. Anfangs war der Schreier verdutzt und sah mich mit großen Augen an, als ich aber hinzufügte, daß ich derselbe sei, dem er im Thurm schon lästig geworden, verlangte er, daß ich ihm wegen unsers unhöflichen Begegnens Rechenschaft geben und eine Entschuldigung sagen solle.

Es half nichts, daß ein Paar ältere Männer unsern Streit schlichten wollten, denn wir waren Beide zu sehr erhitzt, er auch im Zorn, daß ich ihn vor einer Gesellschaft gedemüthigt hatte, in welcher er der Sprecher gewesen war. Wir bestellten uns am andern Morgen. Die beiden ältern Männer erboten sich zu sekundiren. Mir war es ganz recht, daß der Zufall mich ausersehen hatte, einem verdrüßlichen Schwätzer eine Lehre zu geben.

Ich schlief ruhig, und als ich aufstand, um nach dem bestimmten Platz zu gehen, ward mir ein Billet gebracht, des Inhalts: mein Gegner habe unausweichlicher Geschäfte halben schon diese Nacht reisen müssen, ich werde ihn aber, wenn ich anders noch die Schweiz besuchen wolle, wie ich mir vorgesetzt, zu Basel oder Bern, Neufchatel, Lausanne oder Genf ohne Zweifel treffen, wo wir dann an einem dieser Orte unsern Zwist beilegen oder schlichten könnten.

Die Sekundanten, denen ich dieses Blatt zeigte, lachten. Ungehindert konnte ich nun von Straßburg abreisen.

Der Onkel an den Neffen.

Ja wohl sieht die Wirklichkeit nicht immer so aus, wie wir sie in der Phantasie erblicken. Darum giebt es Menschen, und ich bin mit einigen gereiset, die niemals mit mir zu jenen Orten hinwollten, die ich wie eine fromme, heilige Wallfahrt betrachtete.

In England wäre ich mit einem Landsmann, mit dem ich durch einige Provinzen reisete, fast in einen heftigen Streit gerathen, weil er durchaus nicht nach Stratford am Avon wollte, das mir, wegen Shakspeare, als ein Heiligthum entgegenglänzte. Er vermied dergleichen Oerter, die durch große Geister berühmt worden sind, wieder als Pedant und mit kleinstädtischem Eigensinn.

Dort in Stratford trennten wir uns auch, Beide mit einander grollend, denn er wollte Alles in einer Stunde abgemacht wissen. Ich aber hatte mir vorgenommen, in dieser Geburtsstadt meines Lieblings einheimisch zu werden, und, ohne daß ich es wußte, wohnte ich schon neben dem Hause, in welchem er seine Knabenzeit und ersten Jugendjahre verlebt hatte. Wie oft war ich in den niedrigen Zimmern; das ganze Haus hat im Wesentlichen noch dieselbe Einrichtung wie vor dreihundert Jahren. Es ist zu verwundern, daß sich das schwache Gebäude so lange erhalten hat, da jenes größere, in welchem er nachher eigentlich lebte, nicht mehr steht, sondern durch Baulust eines spätern Besitzers, eines Geistlichen, eingerissen ward und ein anderes sich an derselben Stelle erhoben hat. Dieses Unglück, so muß ich es nennen, hat sich erst um 1750 ereignet. Der Eigenthümer muß den Dichter wenig gekannt und noch weniger geliebt und verehrt haben.

Die Kirche in Stratford ist schöner, als ich sie mir vorgestellt hatte. Ich brach einen kleinen Lindenzweig von dem Schattengange, der zum Tempel führt. Die Büste des Dichters ist so vortrefflich in ihrer Art, so sprechend ähnlich, das fühlt man, daß ein guter Bildhauer nach dieser eine musterhafte, für alle Zeiten geltende, machen könnte. Ich nenne jene alte, aus gemeinem Stein geformte, sprechend ähnlich, weil das Gesicht so gar nicht idealisirt ist, wie wir es nennen, wenn alles Leben und die Persönlichkeit, und was wir am Menschen lieben, so ganz und völlig mit den bedeutsamen Lineamenten weggewischt ist. Die Büste Shakspeare's war ehemals gefärbt, mit braunen Augen und dünnem braunen Haar, das Wamms mit Gold verbrämt. Ein solches Denkmal, bescheiden der Architektur angefügt, ist um so sprechender und bedeutsamer, je näher es in Gestalt und allen Zufälligkeiten dem Mitbürger kommt, den die Stadt durch ein solches Standbild ehren will. Der Sinn unserer Vorfahren zeigte in solchen getreuen Darstellungen, die die Liebe zum Andenken hinstellte, mehr Verstand und Sinn, als das jetzt lebende Geschlecht gemeiniglich, aus mißverstandener Kunstliebe, anerkennen will. Ich bin oft gern vor diesen Bildnissen in so manchen Kirchen verweilt und freute mich unendlich auf das Denkmal dieses größten Dichters der neuen Zeiten. Aber wie war ich überrascht, als ich die Büste von oben bis unten weiß angestrichen fand. Einer der nüchternsten Editoren der unsterblichen Werke, Malone, der so viele schöne Stellen durch seine Erklärungen überstrichen und überweißet, aber nicht gelichtet hat, ließ sich bei einer Durchreise die Ausgabe nicht verdrießen, die zierliche Farbe, das Individuelle zu zerstören, um das Bildniß, das, nach der Meinung anmaßlicher Kenner, mißrathen ist, durch ein unschuldiges Weiß der Kunst doch einigermaßen näher zu bringen. Wie gesagt, die Arbeit ist löblich und der große Mann tritt uns in diesem Kopf vertraut und freundlich nahe.

Ich beneide Dich auf Deinen Irrfahrten und lebte gern, so viel Schmerzliches ich auch erfahren habe, meine Jugend noch einmal. Jugend, Liebe, Poesie, – die schöne Natur, die Dein bewegtes Herz versteht und fühlt. Du lebst in den schönen Morgenträumen, wenn im Frühling das Erwachen ebenso lieblich ist, als der süße Schlummer, am Fenster die Schwalbe zwitschert, der Baum mit den grünen Blättern frohsinnig in das Zimmer blickt, ein spielender Wind in den Blumenbeeten wühlt, und man in die Brust die erfrischende Kühlung der Luft einzieht; alles Jauchzen, Freundschaft, Verständniß!

Auf meinem alten Ritterschloß mußt Du bald mit Deiner Braut in den Saal eintreten, oder ich komme zu Dir und sehe dort in der lieben Schweiz Dein Glück, und sehne und phantasire mich in meine Jünglingstage hinüber.

Der Neffe an den Onkel.

Jetzt bin ich seit einigen Wochen in der Schweiz und gedenke E-
miliens, aber auch meines väterlichen Freundes lebhafter als jemals.
Ja wohl, die Sorgen der Liebe, ihr Kummer, die stets wache Sehnsucht, die geflügelten Träume, die dem Jüngling folgen, alles dies ist
wohl ein Glück zu nennen, vorzüglich von so großer Natur umgeben. Was weiß doch der Bewohner der Ebene eigentlich von Luft,
Licht, Nebel, Wolken. Alle diese Erscheinungen bleiben ihm unbedeutend, oder nur äußerlich, er lebt nicht mit und in ihnen, und nur
dem Bergbewohner sind sie befreundete Göttergestalten. Hier sieht,
fühlt und erkennt man, wie das, was die Menschen unten schönes
oder schlechtes Wetter nennen, sich erzeugt und bildet; diese Wol-
kenmassen, die aus dem Walde dampfen, emporziehn, sich begegnen oder fliehn, oben im Azur feststehn wie Gebirge, führen gleich-
sam ein willkührliches Leben, sie sind Geschichte, Zusammenhang,
Gedicht. Es sind Geister der Berge und Wälder, und jeder Blick, der
frei schweift, die Alpen hinauf, über den See, die Inseln trifft, die
sich im Nebel aufthun, liest ein lebensinniges Gedicht, wovon der
nichts erfährt, der unten in der Ebene bleibt.

Nur die Reisenden! diese Masse von gaffenden Engländern und
Deutschen. Unzählige können die Natur nur auf den groben Effekt
einer Dekoration ansehn, sie schlummern, sind gelangweilt, bis
ihnen der Moment des Effektes von ihrem Führer oder Reisebuch
angekündigt wird. Diese Menschen erleben keine Natur, für sie ist
sie nirgend, und die Erquickung, die sie etwa noch in ihr finden,
gleicht der des Kaffeehauses und der Eisbude.

Ob wohl Geßner noch in Deutschland gelesen wird? Wie kann
man hier gelebt haben und sich als solcher Undichter ankündigen?
Er war mir immer die Nüchternheit selbst, und darum war er so
leicht zu übersetzen, weil er gar nichts Deutsches, Vaterländisches
und Poetisches hat. Er ist eine merkwürdige Erscheinung deshalb,
daß er hier seine farblosen, tonlosen Blätter schrieb. In der Schweiz,
wo diese Alpen stehn, diese Seen fluthen, diese Bergthäler duften
und grünen, diese Wasserfälle springen! Man kann keine Viertel-
meile reisen, ohne eine andere Natur zu finden. Und wie verschieden die Sitten, die Trachten! Geht man in die alltäglichen Geschich-

ten ein, wie viel Sonderbares, Wunderliches! die Fata so Mancher, die sich verirrten oder verloren, der Kampf mit der Natur in der Einsamkeit, gegen Lawinen, Bergfälle, plötzliche Ueberschwemmungen. Dann, was Tradition und Geschichte von den Begebenheiten des Landes selbst aussagt, die großen Freiheitskämpfe, die Thaten einzelner Helden: Alles an das Wunder streifend; Alles, was geschehn, mit der Großheit der Natur, mit Wald, Berg und Baum, mit den Dörfern und Städten in unmittelbarer Verbindung. Wohin man den Fuß setzt, eine rührende Erinnerung. Und dann die Berg-, die Wald-, die Strom- und Seemährchen, die im Lande verbreitet sind. Der Aberglaube, der hier nur oft Glaube an die Natur und Bekanntschaft mit ihren Launen ist, das Verstehn ihrer seltsamen Einfälle.

Berauscht kann man werden, wenn man sich diesen Gefühlen überläßt, aus jeder Felswand, aus jedem Brunnen, wohin man Gedächtniß und Phantasie richtet, steigen Gedichte und Erfindungen auf – und dann ist Geßner, lange Zeit wenigstens, der berühmte Dichter der Schweiz gewesen! Worte und Redensarten, als wenn sie im schlimmsten Triebsande der Mark zusammengeronnen und geweht wären.

Dagegen – wo ich den edeln Johannes Müller aufschlage, quillt mir Gedicht, Kraft, Menschheit und die edelste Freiheitsgesinnung entgegen. Das, was man an ihm tadeln darf, hat neuerdings bei der jüngern Generation seinen Glanz verdunkelt, der aber für alle Zeiten dauern wird.

Hegner in Winterthur, den herrlichen Mann, habe ich kennen lernen. Sie machten mich zuerst auf sein schönes Buch, *Saly's Revolutionstage*, aufmerksam. Diese milde Weisheit sagt auch unseren stürmenden Gemüthern nicht zu, und das Buch, das uns Beiden eines der liebsten ist, die nur je geschrieben wurden, wird, so fürchte ich, wenig, beachtet. Die *Molkenkur* ist durch ihren Humor wohl populärer geworden, und man muß wünschen, daß dieser biedere, ächte Mann, der so reich ausgestattet ist, noch öfter seine Stimme möchte hören lassen.

*

Es gibt Lebensmomente, die Jahre in sich enthalten. So war der Abend, als ich zwischen Aubonne und Lasarra die Alpen drüben sah, vom Montblanc die ganze Kette bis in das Berner Oberland und den Genfer See unter mir. Ich glaube, daß Tavernier Recht hat, daß, Constantinopel und Neapel ausgenommen, dies der schönste Punkt ist, den er auf allen seinen Reisen sah.

Ich schreibe Ihnen dies aus Luzern, dessen See ich auch beschifft habe und die Stätten der Freiheit besucht. Als ich auf dem kleinen Rütli stand, fiel es mir seltsam auf, daß an der Zusammenkunft unerfahrener Landleute hier das Schicksal des großen burgundischen Reiches hing, welches an dem Bunde, als eine große Tragödie, zerschellte, der hier zuerst besprochen wurde. Ich mag die schöne Geschichte Tell's mir nicht von Zweiflern wegdisputiren lassen, wenn ich auch eben keinen Helden in ihm bewundern kann.

*

Auch am See von Neufchatel habe ich mich berauscht. Am schönsten Abend war die größte Alpenkette ganz sichtbar und der See ein Smaragd. Die mittlern Gebirge waren mit ihren scharfen Kanten in Rosenlicht getaucht und Alles war wie ein seliger Traum.

*

Ueber Lausanne bin ich, über Rolle, Nyon, Copet wieder nach Genf gegangen. Wie habe ich hier Ihrer und Ihrer Begebenheiten und Leiden gedacht! Copet ist verwaiset; mit Rührung besuchte ich das Schloß und alle Säle, wo so lebendiges Leben rauschte, wo die interessantesten, die bedeutendsten Männer der Zeit sich um eine geistreiche Frau versammelten, der nichts fehlte, als Ruhe und ein stilleres Herz, um auch in Zukunft noch zu glänzen; denn dann wäre aus ihrer Befriedigung ein ganz anderes Talent erwachsen, als sie jetzt, mehr blendend, als wirkend zeigt. Was sie nicht in Leidenschaft denken, fühlen und verstehen konnte, verstand sie gar nicht, es war für sie nicht da. Manchem geht es so, ohne sich mit der Staël irgend vergleichen zu dürfen; und er verwechselt dann auch Leidenschaft mit Begeisterung.

Hier lebte Wilhelm Schlegel, mein verehrter Freund, ewige Jahre; hier ward Sismondi, Werner, Oehlenschläger, Friedrich Tieck gastlich aufgenommen. Von diesem steht unten im Bibliothek-Saal Neckers lebensgroße Bildsäule in Marmor, ebenso geistreich, verständig, wie fleißig ausgeführt. Dieses Standbild muß nach meiner

Kenntniß den Meisterwerken der neuen Kunst beigezählt werden.–
–

In Genf habe ich denn auch unvermuthet meinen Duellanten wiedergefunden. Er erneuerte sogleich den Streit, und da ich eben auch nicht in der Stimmung war, zu weich nachzugeben, so haben wir uns von neuem gefordert und morgen soll die Sache entschieden werden.

*

Voltaire's Haus in Ferney hat mir recht im Gegensatz des großartigen Copet nur einen kleinlichen Eindruck gemacht. Mit welcher Rührung besuchte ich in Copet das Zimmer, in welchem mein geliebter Schlegel gewohnt, gesonnen und gedichtet hat. Ich habe längst meinen Eifer gegen Voltaire gemäßigt, dem leicht, wenn die übertriebenen Religiösen in ihrer verfolgenden Thorheit noch eine Weile fortfahren, wieder ein neuer Heiligenschein um die Zipfelperücke wachsen kann: aber ich konnte es in Ferney in den kleinlichen Zimmern und Sälen, vor der armseligen Kirche, in dem kümmerlichen Orte selbst, zu keiner feierlichen Stimmung bringen. – Auch ist die Gegend hier nicht sonderlich schön, vollends wenn man an Copet denkt.

Der Zänker, der mir ziemlich feige zu seyn scheint, heißt Firmin, und ist eigentlich von italienischer Abkunft. Er soll in hiesiger Gegend erzogen und geboren seyn, auch ein Gut in der Nähe besitzen. Er ist in Deutschland irgendwo in einer der vielen Anstalten gebildet worden, und hält sich auch darum für berechtigt, über Deutsche und ihre Autoren anmaßend abzusprechen. Die Sache wird, wie ich mir denke, für Keinen von uns gefährlich auslaufen.

*

Alles wohl erwogen, ist es eine Kinderei, die mir den Handel zugezogen hat. Der Aermste leidet nur an der Ambition, um derentwillen er die Sache nicht aufgeben darf, da er wegen seiner schnellen Abreise von Straßburg geneckt worden ist. Da ich mein Fechten nicht verlernt habe, denke ich ihm nur ein kleines Andenken zur Lehre zu geben; aber ich will auch künftig klüger und vorsichtiger handeln, und nicht etwas zum Zank machen, was sich so wenig dazu eignet. Ist der Arme denn nicht schon dadurch arm genug, wenn er die Größe und Schönheit unseres Göthe nicht fühlt? Ihn deshalb verwunden? Wo man Mitleid fühlen sollte, dürfte der Haß wohl nicht aufkommen.

Lieber Oheim, ich wünschte, Sie hätten mir näher das Haus bezeichnet, in welchem Sie damals so viele Stunden verlebten. Nun sehe ich jedes größere und kleinere darauf an, und kann doch nicht mit Zuversicht eine andächtige Wallfahrt zu der Scene Ihrer Jugend anstellen.

So eben ruft mich mein Sekundant ab. In einer Stunde melde ich Ihnen den Ausgang unseres Gefechts – und dann reise ich sogleich nach dem Constanzer See, um dort jede Hütte um meine geliebte Emilie zu befragen. Wenn meinen Irrfahrten ein Ziel gesetzt ist, wenn ich sie gefunden habe, so kehre ich zu Ihnen zurück – ob klüger? – glücklicher gewiß. Und doch würde ich undankbar seyn, wenn ich mich nicht auch jetzt glücklich nennen wollte.

Der Mann ist ungeduldig – ich breche ab, schließe aber erst, wenn ich Ihnen den Erfolg der Schlacht und wie Viele in jedem Heere geblieben sind, melden kann.

*

Ja wohl sonderbar und höchst sonderbar ist mein Leben, so unbedeutend es auch seyn mag. Wie räthselhafte und doch liebliche Landschaft im Mondschein, fremd und wunderbar, und doch wieder, wenn man will, so gewöhnlich. So sind aber die schönsten Mährchen und Wunder. Doch, mein väterlicher Freund, ich muß mich sammeln, um so viel als möglich, Ihnen einfach und in der Ordnung zu erzählen. Vermag ich es nicht ganz, so wird der Inhalt mich bei Ihnen entschuldigen.

Als mein Sekundant, ein verständiger ältlicher Mann, mich auf den Wahlplatz führte, fand ich meinen Gegner schon dort, der seinen Beistand erwartete. Das Fleckchen war heimlich abgelegen, ein reizendes Gebüsch und kleine Wiese auf einer Anhöhe, von welcher man einen großen Theil des Sees übersah. In der Mitte des anmuthigen Platzes war eine schöne Buche, um welche eine Ruhebank angelegt war, die zum Sitzen einlud. Seitwärts war ein kleiner springender Brunnen, zierlich von Steinen eingefaßt und umgeben.

Ich mußte an Ihr Abenteuer denken, und ich glaubte, daß es dieselbe Stelle sei, die Ihr Leben entschied; um so mehr, da ich seitwärts ein großes Haus herschimmern sah, in edler Architektur. Ich ersann mir sogleich, dies sei die Wohnung von Rosa's Familie gewesen.

Aber wie ward mir, als ich auf jener behaglichen Bank unter der schönen Buche einen rothen Band mit goldnem Schnitt entdeckte, der mir freundlich, räthselhaft und wundersam entgegen glänzte. Es waren Göthe's Gedichte, die Emilie aus Tharand mitgenommen hatte, mein Exemplar, Ihr Geschenk. Ich eilte darauf zu, aber mein Gegner, den ich in meiner träumerischen Stimmung noch nicht einmal begrüßt hatte und der dem Baume näher stand, hatte sich des Buches schon bemächtiget. »Geben Sie mir mein Buch!« rief ich leidenschaftlich aus.

»Ihr Buch? sagte Jener; wenn es Ihnen gehört, wie kommt es hieher? Es gehört keinem, oder mir eben so gut, als Ihnen, da ich es gefunden habe.«

»Mein Name ist vorn eingeschrieben! sagte ich lebhaft, – und mir liegt Alles daran, dies Buch, welches mir verloren gegangen war, wieder zu besitzen.«

Er, ungezogen wie er war, wollte auf keine Einrede hören, und es entspann sich, außer unserm ehemaligen Streit, ein neuer Zwist. Ihm schien das Buch nicht gleichgültig, und Sie können wohl denken, wie wichtig es mir war, da es mir mehr als wahrscheinlich Emiliens Nähe beurkundete.

Alle meine Vorsätze, die Sache mit ihm leicht zu nehmen, waren in meiner Heftigkeit verschwunden. Als daher sein Sekundant erschien, ward unser Kampf sehr heftig: er war geschickter, muthiger und zeigte mehr Geistesgegenwart, als ich ihm zugetraut hatte; ich ward leicht an der Hand, er aber bedeutend an der Schulter verwundet, so, daß er sogleich den Degen mußte fallen lassen. Man führte ihn fort, und ich, nachdem ich meinem Befreundeten gedankt hatte, blieb allein auf dem Wahlplatz zurück.

Im Schmerz und seiner Betäubung und halben Ohnmacht hatte der Ungezogene das Buch nicht weiter beachtet. Ich hatte es also jetzt erobert. Ich setzte mich unter die flüsternde kühlende Buche, nahm meinen Schatz und küßte ihn, als wenn es meine Geliebte selber wäre.

Wie rührend, erschütternd, mit unbeschreiblicher Kraft blickten mich jetzt in der Einsamkeit die Worte und hellen Gedanken meines geliebten Dichters an, wie ich hie und dort die Blätter in der Einsamkeit aufschlug. Ihr Auge hatte ja jedes dieser herrlichen Worte getrunken, ihre Seele hatte sich an diesen Reimen erquickt, sie hatte meiner dabei gedacht, und ihre Liebe war an diesen Tönen hinauf gerankt und gewachsen, wie die Rebe an der Ulme. Sie hatte Einiges mit der Bleifeder leicht angestrichen, und immer waren es die Stellen, die ich am meisten liebte, die ich alle auswendig wußte. Wie begierig suchte ich sie auf, blätterte, las wieder, verlor mich so ganz in diesen Gedichten, ward zerstreut, gedachte meiner Emilie, und hatte so, ohne es zu wissen und zu bemerken, in drei oder vier Stunden das ganze Buch durchgelesen.

Ich war ermüdet, betäubt, wie im Traum. Wen sollte ich anreden? Von wem sollte ich Emiliens Aufenthalt erfahren? Ich wähnte immer, sie selbst müsse ganz nahe seyn, habe noch vor kurzem hier an dieser Stelle in ihrem Lieblingsbuche gelesen, es vergessen und würde wiederkommen, um es zu suchen. –

Ich war ermüdet. Der Abend nahte. Ich stand auf, um mich durch Gehen zu stärken und zu ermuntern. Ich wandelte, entfernte mich aber nie so weit, daß ich nicht den Brunnen, die Buche und die Ruhebank im Auge behalten hätte.

Niemand kam. Immer einsamer ward die Einsamkeit, die Stille immer stiller, so daß das leise Rauschen des Sees deutlich zu mir herauftönte. Jetzt war ich schon heimisch auf diesem kleinen Fleck und kannte jeden Baum und Strauch. Die Sonne nahm Abschied von der Erde und die Berge erglühten, dann standen sie in grauer Farbe, verscheidenden Greisen ähnlich, endlich erloschen auch die Umrisse im Abenddunkel.

Ich konnte unmöglich zur Stadt zurückkehren, obgleich die kleine Wunde, die nur leichthin verbunden war, zu brennen anfing. Ich ließ den klingenden Strahl des Brunnens über die Hand stießen, und träumte mich nun, fest von der Wirklichkeit des Ortes überzeugt, in Ihr Jugendgefühl zurück, als Sie damals hier unter den heftigsten Schmerzen die Geliebte in Furcht erwarteten und Rosa endlich wirklich erschien.

O Emilie! seufzte ich, wo weilest du, daß meine Sehnsucht, die Kraft meines Herzens, die Innigkeit meines Denkens und Wünschens dich nicht wie mit Zauberbanden unwiderstehlich hieher zieht? Sollte deine Liebe nicht meine Nähe ahnden?

Den Band der Gedichte trug ich am Busen. Es war keine Helle mehr, um lesen zu können, da ich aber die schönsten auswendig wußte, sagte ich mir im Innern die Gedichte her und wiederholte sie in tiefer Sehnsucht. So kam der Mond herauf und schwamm tanzend auf dem See, sein Licht küßte die Ufer und Bäume und Häuser jenseit, das Gras um mich leuchtete, wie Smaragd funkelten die bewegten Blätter der Buche. Mein Auge versenkte sich trunken in all die Traumwelt und erwartete kleine Geister herbeischlüpfen zu sehn, die mir endlich, endlich Kunde von ihr brächten.

Ich taumelte auf die Bank und lehnte mich an die Buche, die mir schon wie ein alter Freund geworden war. Von Allem, was vorgefallen, ermüdet, schlossen sich unvermerkt meine Augen, so sehnsüchtig schwer, so liebesmatt, so traumdurstig als wenn der goldene Mondschein sie zugedrückt hätte. Anfangs vernahm ich noch das Plaudern des Brunnens und das Rieseln der Buchenblätter, zuweilen einen Ruf, wie vom See herüber und das Plätschern eines Fischerkahnes. Dann kam der Traum und verschloß die Thür und drehte sie hastig um, die nach der Wirklichkeit führt, um mich in den Saal zu bringen, wo alles Spielzeug der Phantasie aufgehäuft liegt und muthwillige Kinder springend und singend die bemalten Decken ausbreiten. Diesmal sprangen keine Kobolde in den Frühlingsgesang meiner Gefühle. Alles war Harmonie und Sehnsucht.

Nicht von ihr träumt' ich, sondern von meinen Kinderjahren. Ich war wieder ein Knabe und wandelte der Nachtigall nach durch den dunkelgrünen, dichten, stillen Wald. Da trat aus dem Stamm einer alten Eiche, die schwarzgrün von Zweigen bis zur Erde bedeckt war, wie aus einem Zelt, eine hohe Frauengestalt aus der laubigen Umgatterung. Ich war ob ihrer Schönheit entzückt und ein stilles Grauen bemächtigte sich doch meiner. Sie öffnete die rothen Lippen und fragte mich mit herzdurchdringendem Ton: ob ich den Schatz heben und nehmen wolle, den kostbarsten, den es auf dieser Erde gäbe? Ich hatte erst nicht den Muth, Ja zu sagen, so sehr meinem Herzen auch danach gelüstete. Endlich faßte ich ihre weiße Hand und bat sie, mich zu ihm zu führen. Wir schwebten weiter, und ich fühlte die Erde nicht unter mir. Ihre Kraft hob mich höher und immer höher und die Zweige des Waldes, die Wipfel der Bäume berührten und streiften mein Haupt. Plötzlich ließ sie mich los, ich erschrak, fiel nieder und erwachte. –

Und vor mir stand übermenschlich groß dieselbe schöne weibliche Gestalt, noch schöner und furchtbarer. Der Mondschein glänzte durch ihre Locken und ich konnte ihr Gesicht nicht unterscheiden. Ich glaubte, ein zweiter Traum beginne.

Sie haben auch wohl die Erfahrung gemacht, daß, wenn man in der Dämmerung plötzlich erwacht, die Person, die zufällig dasteht, uns riesengroß erscheint. – So war denn auch die in meinen Schlummer Einschreitende eine Sterbliche. –

Lieber Oheim! – woher kam mir die Geduld, obgleich die Sache sich schon vorgestern zutrug, Ihnen Alles so umständlich auseinanderzusetzen? – Wirklich war die Gestalt Emilie, meine Emilie. Sie hatte das Buch vermißt, war überzeugt, daß am einsamen Abend ihr Niemand begegnen würde, sie hatte das theure Kleinod wieder suchen wollen, und hatte das Buch und mich gefunden. Sie war erstaunt, einen Schlafenden unter ihrem Lieblingsbaum zu finden.

Ein Schauer, wie bei einer Geistererscheinung, hatte erst mit bangem Frösteln mein Erwachen begleitet. Ich fuhr auf. Sie stand vor mir und wich schnell auf die Seite. Nun fiel das volle Mondlicht auf ihr Antlitz und ich erkannte sie sogleich. Emilie! rief ich entzückt; jetzt ward ihr mein Wesen deutlich und wir umarmten uns.

Dies hatte die fremde Gegend, das plötzliche Wiederfinden, Göthe und der Mondschein so natürlich und einfach herbeigeführt, daß wir uns nicht verwunderten, denn sonst hätte ich wohl noch lange nach dem Kusse dieser süßesten Lippen aussehen mögen. Ja, der Mondschein hat sie mir geschenkt und zugeführt, er, der Mond hat mich, seinen getreuen Freund und begeisterten Lobredner, so belohnt. Auch habe ich schon ewige Lieder an ihn gedichtet, die ich Ihnen hier nicht abschreiben mag.

Sie lebt mit dem Oheim hier, bei einer Tante, die sie zu besuchen gekommen sind. Ich erzählte ihr kurz von meinen Wanderschaften, von meinem Suchen nach ihr, von ihrem Namen, den ich oben im Fichtelgebirge und unten in Sesenheim nahe am Rhein wiedergefunden hatte.

Sie erwiederte. Denken Sie, der ungezogene Mensch, den ich heut bestraft hatte, ist der Sohn der Tante, bei welcher sie jetzt lebt. Er liegt krank an seiner Wunde im Hause, und dies war die Ursache, daß meine Emilie nicht früher nach dem Baume kam, um das verlorne und vergessene Buch zu suchen. Sie hatte den ganzen Vormittag unter diesem Baume, ihrer Lieblingsstelle, gesessen und gelesen. Abgerufen, hatte sie in der Eil den Band, eben weil sie ihn so sehr liebte, liegen lassen. Wir vergessen und verlieren nur, was uns völlig gleichgültig oder sehr theuer ist, für das Mittelgut haben wir immerdar die mittelmäßige Aufmerksamkeit, und darum bleibt uns dergleichen auch immer.

Sie nahm von mir Abschied, indem sie mir sagte, daß sie hingehn wolle, um mit ihrem Oheim zu sprechen; ich möge sie an einer einsam stehenden Linde erwarten. – So geschah es; ich sah sie in dem weißen Hause, das auf einem Hügel steht, verschwinden. – Lange harrte ich, endlich öffnete sich die Thür, und zwei Gestalten traten heraus, die sich zu mir bewegten. Sie war es, und der alte freundliche Oheim.

Eingeladen, betrat ich die Schwelle des Hauses. Ich blieb zum Abendessen, ich versöhnte mich mit dem Verwundeten und verweilte dort, weil es schon spät war und man mich in tiefer Nacht nicht nach Genf wollte wandern lassen. –

Ja, mein Oheim, die Jugend, die wichtigste Epoche meines Lebens, ist, so hoffe ich, beschlossen. Man ist mit mir einverstanden; Emilie, die liebliche, Emilie, die herrliche, ist mein, wenn Sie nicht etwa noch Einspruch thun, wie ich von Ihnen, mein Freund, mein Vater, nicht befürchte.

Ahnden Sie nichts, Geliebtester? Ach! wie süß, wunderbar, herbe ist der Traum des Lebens! Jetzt erst verstehe ich Ihren Humor, der mir zuweilen als zurückstoßend, bitter und menschenfeindlich erschien. Nein, Sie lieber Menschenfreund, künftig soll uns nichts, auch nur auf Sekunden, von einander entfernen.

Schon jetzt liebt sie meine Geliebte auf das zärtlichste. Ich muß ihr immerdar von Ihnen erzählen, auch die Tante und die Hausgenossen sprechen von Ihnen, wie von einem alten, ganz vertrauten Freunde.

Man begegnet sich, man trennt sich, man verliert sich. Das ist das Leben. Zuweilen findet man sich auch auf wunderbare Weise wieder. So geht es uns, so auch Ihnen.–

Mein Vater! meine Geliebte, meine Emilie ist Ihre Tochter. – Damals, als der Vater Sie so gewaltsam und grausam trennte, als Sie den Tod Ihrer Gattin vernahmen, war sie noch lebend und trug unter ihrem Herzen das Pfand eines neuen Lebens. Man wollte Ihnen aber alle Hoffnung nehmen, und darum zwang der tyrannische Vater seine Gattin, Ihnen jenen Brief zu schreiben, der so künstlich eingerichtet war, daß Sie glauben mußten, er sei ohne Wissen und Willen des Vaters abgesendet worden. Dieser war im Zorn unmenschlich, wüthend und rasend, daß Rosa bald einen Enkel gebären würde, den er schon haßte, bevor er noch das Licht erblickte. Rosa ward überredet, Sie wären gestorben. Bald nach der Geburt des Kindes ward sie begraben; man erhielt sie in dem Wahn, daß Sie ihr jenseit erst begegnen würden.

Die Familie war nun ganz von Ihnen, Sie ganz von dieser getrennt. Keines vernahm etwas vom Andern. Hier hatte auch Niemand ein Interesse, sich aufzuklären, sich mit Ihnen in Verbindung zu setzen.

Der Ungezogene, der an seiner Wunde darniederliegt, ist ein Sohn jener Lidie, die Sie die kindliche nennen. Diese Lidie selbst ist eine häßliche, langweilige alte Frau; ihr Mann ist längst am Trunk gestorben. Das Haus, zu welchem ich jetzt gehöre, ist damals nur zum Schein verkauft worden, um Sie von jeder Spur zurückzuschrecken; die Familie gab es jenem wilden Firmin, der seitdem, als Sie das Land verlassen hatten, mit Lidien hier lebte, die den Raufer gebar und eine Tochter, jene, die ich in Tharand kennen lernte und die sich damals für die Schwester meiner Emilie ausgab.

Emilie mußte damals die Reise nach Hamburg machen, weil entferntere Verwandte auf eine Erbschaft Anspruch machten, die ihr anheimfiel. Jene behaupteten, um ihr das Capital streitig zu machen, sie sei kein ächtes, in der Ehe gebornes Kind; und es ward

dem Oheim nicht leicht, obgleich er mit allen Documenten ausge-
rüstet war, der Wahrheit den Sieg zu schaffen.

Jene und ihre Mutter, der grausame Vater, jener Oheim in Rolle,
alle sind längst gestorben. Aber, mein Vater, Ihr Sohn, Emilie, Ihre
Tochter, rufen jetzt zu Ihnen hinüber. Sie sind nicht so krank und
schwach, daß Sie nicht diese Reise sollten machen können. Unser
Oheim hier, der damals ein junger Mann war und sich Ihrer deutlich erinnert, vereiniget seine Bitten mit den unsrigen. – Nun Sie
meinen Brief empfangen, rechnen wir aus, wenn er zu Ihnen
kommt, wie Sie erst die Erschütterung überstehen, dann anspannen
lassen und fahren, fahren und fahren. Emilie behauptet, sie wird die
Stunde wissen, wann, wann ihr geliebter, ihr verehrter Vater ein-
treffen und hier vor der Schwelle des weißen, fernschimmernden
Hauses absteigen wird. Sie können denken, Geliebtester, daß ich ihr
den Inhalt Ihrer Briefe mitgetheilt habe.

Kommen Sie nicht, Bester, Liebster, dann nur Ein Wort, und wir
fliegen zu Ihnen und umarmen Sie in Ihrem alten Rittersaal. Aber
Sie reisen gewiß hieher, treten wieder auf die Bühne Ihrer Jugend,
besuchen den Brunnen, die Buche, Genf und Rolle. Dann reisen wir
nach Constanz, auf das Gut des Oheims, das Emilie von ihm erbt.
Ja, geliebter Vater, wir werden noch schöne Stunden mit einander
leben. Der Abend Ihres Daseins wird sich so heiter verklären, wie
die Gipfel der Alpen, die die scheidende Sonne in Rosenlicht taucht.

Wodurch habe ich es verdient, so glücklich zu seyn? – Mein Leben ist

Mondbeglänzte Zaubernacht,
Die den Sinn gefangen hält.

Über tredition

Eigenes Buch veröffentlichen

tredition wurde 2006 in Hamburg gegründet und hat seither mehrere tausend Buchtitel veröffentlicht. Autoren veröffentlichen in wenigen leichten Schritten gedruckte Bücher, e-Books und audio-Books. tredition hat das Ziel, die beste und fairste Veröffentlichungsmöglichkeit für Autoren zu bieten.

tredition wurde mit der Erkenntnis gegründet, dass nur etwa jedes 200. bei Verlagen eingereichte Manuskript veröffentlicht wird. Dabei hat jedes Buch seinen Markt, also seine Leser. tredition sorgt dafür, dass für jedes Buch die Leserschaft auch erreicht wird.

Im einzigartigen Literatur-Netzwerk von tredition bieten zahlreiche Literatur-Partner (das sind Lektoren, Übersetzer, Hörbuchsprecher und Illustratoren) ihre Dienstleistung an, um Manuskripte zu verbessern oder die Vielfalt zu erhöhen. Autoren vereinbaren direkt mit den Literatur-Partnern die Konditionen ihrer Zusammenarbeit und partizipieren gemeinsam am Erfolg des Buches.

Das gesamte Verlagsprogramm von tredition ist bei allen stationären Buchhandlungen und Online-Buchhändlern wie z. B. Amazon erhältlich. e-Books stehen bei den führenden Online-Portalen (z. B. iBookstore von Apple oder Kindle von Amazon) zum Verkauf.

Einfach leicht ein Buch veröffentlichen: **www.tredition.de**

Eigene Buchreihe oder eigenen Verlag gründen

Seit 2009 bietet tredition sein Verlagskonzept auch als sogenanntes "White-Label" an. Das bedeutet, dass andere Unternehmen, Institutionen und Personen risikofrei und unkompliziert selbst zum Herausgeber von Büchern und Buchreihen unter eigener Marke werden können. tredition übernimmt dabei das komplette Herstellungs- und Distributionsrisiko.

Zahlreiche Zeitschriften-, Zeitungs- und Buchverlage, Universitäten, Forschungseinrichtungen u.v.m. nutzen diese Dienstleistung von tredition, um unter eigener Marke ohne Risiko Bücher zu verlegen.

Alle Informationen im Internet: **www.tredition.de/fuer-verlage**

tredition wurde mit mehreren Innovationspreisen ausgezeichnet, u. a. mit dem Webfuture Award und dem Innovationspreis der Buch Digitale.

tredition ist Mitglied im Börsenverein des Deutschen Buchhandels.

Dieses Werk elektronisch lesen

Dieses Werk ist Teil der Gutenberg-DE Edition DVD. Diese enthält das komplette Archiv des Projekt Gutenberg-DE. Die DVD ist im Internet erhältlich auf **http://gutenbergshop.abc.de**

Zeitfracht Medien GmbH
Ferdinand-Jühlke-Straße 7
99095 Erfurt, Deutschland
produktsicherheit@kolibri360.de